Le Saint des seins

DU MÊME AUTEUR

Zoocity, Baleine, 1996
C'est juste une balade américaine, Climats, 1997
Monsieur Chance, Climats, 1998
Le destin est une putain, Flammarion, 1998
Jack Mongoly, Flammarion, 1998
Le Poulpe, le film, Baleine, 1998

Guillaume Nicloux

Le Poulpe

Le Saint des seins

Texte intégral

*Un ange passe à la Saint-Michel
et trépasse à la Saint-Gabriel.*

© Éditions Baleine, 1996

1

C'était son coin. Au bord du canal de l'Ourcq. Quai de l'Aisne, pas loin de l'église de Pantin, juste après le pont Delizy. Il avait sa borne à lui, son territoire de chasse. Son petit siège naturel où il venait poser ses fesses tous les matins, avant que le jour se lève sur la glorieuse cité.

M. Siméon, veuf et retraité des Postes et Télécommunications, ne manquait jamais un seul rendez-vous. Qu'il vente ou qu'il pleuve, l'homme bravait les intempéries, sortait de son appartement situé rue de la Liberté et rejoignait son domaine. La besace remplie de victuailles, il se dirigeait d'un bon pas vers son repaire et, telle la murène, il prenait place entre les deux pylônes de grès, à l'abri des regards de curieux. Il disposait un coussin brodé sur la pierre glacée et lançait sa courte ligne dans le canal à la recherche de poissons gourmands. Il n'avait pas d'amis, pas d'ennemis, pas d'enfants. Pas de maîtresses. Il se rendait bien tous les mois près de la gare de l'Est, à pied évidemment, pour rencontrer les femmes. Mais ses consultations mensuelles demeuraient strictement hygiéniques. C'était pour son bien, pour sa santé mentale, car sa petite soixantaine n'affectait en rien ses désirs copulatoires.

M. Siméon avait les cheveux tout gris, les yeux très bleus et la barbe brune. Il sentait l'eau de Cologne avariée et portait toujours les mêmes vêtements. C'est ce que les gens qui ne le connaissaient pas pouvaient penser de lui. En fait, il possédait en plusieurs exemplaires un modèle unique de veste, de chemise et de pantalon. Comme Albert Einstein. Car il était très propre, mais très triste aussi. Ce personnage austère et maussade se moquait de tout ce qui ne l'intéressait pas. Et comme les gens ne l'intéressaient pas, il se moquait royalement de leur avis. Il préférait nettement la compagnie des animaux. Toutes les bêtes, sans exception, des insectes aux cétacés. Et ce matin était un jour comme les autres, un de ces jours qui ressemblaient au précédent et ressembleraient au suivant.

Il avait terminé sa bière et entamé le sandwich au salami. Après il aurait droit à un bout de gruyère, et si la faim le tiraillait encore une banane ferait l'affaire. De l'autre côté de la berge, l'immeuble s'illuminait peu à peu. Les fenêtres clignotaient comme les boules colorées d'un sapin de Noël. Mais on était en mars, et M. Siméon n'était pas le père Noël. Il avait bien la barbe, et la hotte, mais pas de cadeaux à offrir.

Le ciel s'éclaircissait à vue d'œil. Poséidon avait été généreux, amenant un petit escadron de poissons égarés aux pieds du pêcheur. C'était le cinquième et c'était pas normal. Il y avait anguille sous roche. M. Siméon le savait bien, dans les bons jours il n'en prenait que deux. Alors il se tenait prêt, les oreilles tendues et le regard aiguisé.

Il découvrit le corps trois minutes plus tard. Ou plutôt la tête. Une tête de femme, pas trop abîmée. Un visage tout blanc et encore presque beau. M. Siméon avait bien fait de ne pas manger la banane parce qu'il l'aurait vomie, avec le salami et tout le reste.

2

Le chien Léon était vautré au milieu de la salle. Par moments il se mettait à geindre faiblement, émettant des petits aboiements de fausset. En allemand, natürlich. Au comptoir, trois types en costume de peintre sirotaient des calvas bien tassés. Ils avaient des traînées rouges sur la figure et les mains. Gabriel se demanda ce qu'ils avaient bien pu peindre en rouge. Fallait pas être très net pour barbouiller d'une couleur pareille l'intérieur de sa maison. Même pour les volets, ça faisait désordre. Le trio parlait d'une course importante pour le mois prochain, la présence sur l'hippodrome d'un canasson de première bourre. Chacun y allait de son pronostic, c'était comique à voir et pas dérangeant à entendre. Beaucoup plus drôle que ce que Gabriel avait sous les yeux. En noir et blanc, une image en plan large, un corps de femme recouvert d'une bâche. Avec juste la tête, les pieds et les bras qui dépassaient. L'article disait que l'intéressée s'était sans doute noyée. La fille s'appelait Muriel Côte et avait trente et un ans. Même sans papiers, l'identification avait été rapide car la jeune femme était connue des services de police. Actrice et prostituée, ou inversement, ça dépendait. Elle avait joué dans une trentaine de films pornographiques et travaillait dans plusieurs sex-shops. L'article ne disait pas lesquels. Gabriel avait bien une idée de la rue puisqu'on parlait d'un quartier très touristique. Le journaliste n'en disait pas beaucoup plus mais ça suffisait.

Gabriel avait installé Muriel Côte dans un coin de sa mémoire active. Ça voulait dire que le Poulpe allait bientôt reprendre du service.

— Qu'est-ce que tu lis ?

Gérard s'était servi un grand verre d'eau. Il avait chaud et soif. Il se rapprocha de Gabriel et s'installa en face de lui, à la même table que d'habitude, près de la vitrine.

— Oh, j'te parle...

— Hum.

Gérard but et se pencha vers son ami. Il abaissa la page du journal et soupira.

— Attends mercredi, y'aura trois pages dans *Le Nouveau Détective*.

— Ça m'étonnerait.

— Bah tiens... On parie ?

— Je ne parie jamais avec un cafetier en nage.

Gérard haussa les épaules. Le nettoyage de l'enseigne l'avait abattu. Depuis deux jours on n'apercevait plus le *d* du mot pied. Ça la foutait mal de croire que le bistrot pouvait s'appeler « Au Pie de Porc à la Sainte-Scolasse ». Surtout qu'ici, les pieds de porc, c'était la spécialité.

— N'empêche que si c'est pas dans *Détective*, ce sera dans *Le Journal du Dimanche*.

— Encore moins.

— De toute façon, je vois pas pourquoi on ferait un fromage de cette histoire... Y'a des dizaines de femmes qui meurent tous les jours et elles font pas la une des journaux pour autant.

— Les gens qui se noient deux fois, j'y crois pas trop... C'est comme les suicidés qu'on retrouve avec deux balles dans le crâne.

— D'où est-ce que tu sors ça, toi ?... Ils disent juste qu'elle s'est noyée... Ça arrive, y'a plein de gens qui veulent en finir avec la vie... Un coup de cafard et plouf... On marche un peu trop près du bord et c'est la culbute...

— Je serais pas étonné d'apprendre qu'elle a de l'eau du robinet dans les poumons.

— De la Contrex pendant qu'tu y'es !... Non mais c'est dingue, fous-leur la paix à ces pauvres gens... Tu les laisses vivre, alors laisse-les mourir comme ils veulent.

— Pas possible. Elle a été retrouvée à côté d'un escalier... Et quand on veut se lancer à l'eau, on choisit un pont... Un endroit sans échappatoire... C'est un peu comme quand on veut se jeter d'une fenêtre, on choisit pas le premier étage pour faire le grand saut.

— Parce que tu crois que ça se prévoit ces choses-là ?... Et le coup de folie, l'instantané, qu'est-ce que t'en fais ?

— Pas possible.

— Quoi, pas possible ?

— Quand le pêcheur l'a découverte, elle était nue.

— Mais putain qu'est-ce que tu déconnes... Ils parlent pas de ça dans l'article...

— Non, mais il suffit de regarder la photo.

— Qu'est-ce qu'elle a la photo ?

Gérard jeta un œil sur le cliché. La fille était étendue sur le dos, les bras posés sur la poitrine et les pieds nus.

— Et alors, on lui voit pas le corps.

— À cette période de l'année, j'connais personne qui se promène au bord du canal avec un tee-shirt à manches coupées... De plus, elle aurait pu perdre ses chaussures... Ses chaussures, ouais... Mais pas ses collants.

— Peut-être qu'elle en portait pas... Cette fille voulait mourir de froid avant de se noyer, peut-être qu'elle a retiré volontairement ses vêtements et qu'elle s'est jetée à l'eau après... Pour avoir un genre d'hydrocution, tu piges ?

Gabriel reposa le journal sur la table vernie et but une gorgée de son café. Il déballa le sucre de son papier et appela Léon. Le chien rappliqua aussitôt et engloutit le cube de saccharose.

— Moi, je crois plutôt qu'on l'a déposée là. Qu'on a préféré faire ça en silence... Et que la ou les personnes ont descendu l'escalier et l'ont glissée tout doucement dans l'eau. Pour pas faire de vagues.

— Putain c'est pas vrai... Et pendant qu't'y es, pourquoi qu'elle aurait pas été enlevée par les petits-gris !

— C'est pas incompatible.

Gabriel lui sourit. Mais l'ouverture labiale était loin de provoquer l'hilarité. C'était un sourire tragique, pas gai du tout.

— Eh bah moi, j'te dis qu'elle aura trois pages dans *Le Nouveau Détective*.

— Pas plus dans *Détective* que dans *Le Chasseur français*. Y'aura rien. Parce qu'à l'heure où je te parle, l'affaire est déjà classée.

— À voir ta tête, on dirait pas...

Maria, la femme de Gérard, fit son entrée dans le bistrot. Les bras chargés de baguettes torsadées, elle s'approcha de Gabriel et l'embrassa sur la joue.

— Comment va l'étalon ?

— Comme un bourrin, répondit Gérard.

Gérard se leva et regagna le comptoir en maugréant. Maria s'éloigna vers la cuisine et l'on entendit Vlad, l'aide-cuisinier, émettre une série d'éternuements rapprochés.

— Manquerait plus qui tombe malade, lui... Ce serait la meilleure !

Gabriel avait posé dix francs sur la table et s'était levé. Gérard le savait, y'avait plus rien à dire et plus rien à faire. Ils échangèrent un dernier regard et les peintres éclatèrent de rire.

3

Gabriel avait commencé par la rue du Faubourg Saint-Denis. Il était parti du square Satragne et s'était retrouvé à la porte Saint-Denis en moins de deux. Il avait quand même eu le temps de visiter deux magasins, des espèces de vidéoclubs merdeux où des danseuses aux seins nus gigotaient sur de minuscules estrades, au fond de l'arrière-salle. Bien sûr, c'était pas là qu'il fallait chercher. Mais le Poulpe était un instinctif, un type qui faisait confiance au hasard, un gars qu'accordait autant d'importance à son nez qu'à ses oreilles.

C'était une des rues les plus bruyantes qu'il connaisse. Pourtant les véhicules n'y circulaient qu'au compte-gouttes, vu qu'elle était toujours embouteillée par des camions de livraison. Depuis quelques années, pas mal de célébrités avaient élu domicile dans le coin, à cause du cachet et du côté typique propre au quartier. Les stars des paillettes préféraient la fureur et le peuple, appréciant depuis peu la pluralité ethnique. Mais de leurs fenêtres seulement. Car il est vrai que certains soirs, la foule anonyme parvenait à remplacer les mornes programmes télévisuels. On pouvait, confortablement installé chez soi, assister à une sanglante bagarre ou à un incendie. Ou avec un peu de chance, à un meurtre. Mais c'était plus rare, pour cela il fallait rester éveillé très tard jusqu'à dans la nuit. D'après les rapports de la police, c'était la rue la plus meurtrière de Paris. En meurtres déclarés évidemment.

Gabriel contourna l'arche, traversa le boulevard de Bonne-Nouvelle et pénétra dans le sens du poil la rue Saint-Denis. Y'avait pas foule, faut dire qu'à midi la plupart des filles dormaient encore à lèvres fermées. Malgré ça, des irréductibles vêtues d'imper transparent faisaient le pied de grue en grelottant. Celles-là connaissaient leurs cibles. À cette heure de la journée, les employés de bureau représentaient 70 % de la clientèle. Un type sur deux possédait un attaché-case ou une sacoche en cuir. En général, il jouait l'homme pressé, ne regardait jamais les filles en face et marchait toujours d'un bon pas en lorgnant sa montre. La plupart pouvaient emprunter le boulevard Sébastopol, y'avait moins de monde et les trottoirs étaient plus larges.

Mais non, les types pressés passaient toujours par la rue Saint-Denis, quitte à mettre deux fois plus de temps pour se rendre au McDonald's. Les filles le savaient bien, y'en avait toujours un dans le lot qui passait à l'acte, c'était obligatoire, question de statistiques et loi des probabilités. L'important pour elles était de ferrer un gentil monsieur, pas trop salace, un type en mal de gaudriole, d'en faire un habitué et d'entretenir avec lui une cordiale amitié.

Le Poulpe entra dans le premier sex-shop sur sa gauche. Une dizaine d'hommes, disséminés dans la salle de lecture, potassaient avec un sérieux exemplaire des magazines imagés. Personne ne fit attention à Gabriel, il se dirigea vers le guichet et demanda de la monnaie au septuagénaire assis sur un haut tabouret. Le vieux ne releva même pas la tête, il déposa les pièces de dix balles sur le comptoir et empocha le presque plus valable billet de cinquante francs. Gabriel emprunta le parcours fléché qui indiquait la direction des cabines individuelles. Il croisa deux types qui en sortaient. Deux types avec des attachés-cases.

Ce ne serait pas Muriel Côte qui danserait devant lui, ça il le savait, ce serait une autre fille, une femme qu'il ne connaissait pas, jeune et sans doute jolie, prête à poursuivre l'entretien si affinité. C'est ce que Gabriel voulait, poursuivre l'entretien.

Il referma la porte de l'étroite cabine et inséra sa pièce dans la fente prévue à cet effet. Un rideau à lamelles se leva et le champ visuel s'élargit. D'abord, une pièce circulaire, avec du velours rouge sur les parois, puis les vitres teintées de cinq autres cabines. Au sol, un matelas recouvert d'un drap, rouge aussi. Puis une musique, instrumentale, avec du piano et un violon, dont le premier mouvement obéissait au plan d'une sonate. Puis une fille apparut, nue. Elle était brune et d'énormes anneaux argentés pendaient à ses oreilles. Elle possédait une énorme poitrine et son sexe était rasé. Son corps était luisant et son visage très maquillé. Gabriel ne lui donnait pas plus de vingt ans. La fille se plaça au centre et se mit à danser mollement en se tirant le bout des mamelons. Elle ferma les yeux et s'assit sur le matelas. Le rideau métallique entama sa fermeture, Gabriel inséra aussitôt une autre pièce. De la manière dont elle regardait les vitres teintées des autres cabines, Gabriel supposa qu'ils étaient trois à assister au spectacle. Elle se tourna enfin vers lui et sourit. Elle ouvrit ses jambes, écarta délicatement les lèvres de son sexe imberbe et lui tira la langue. Le morceau de chair rose était percé à deux endroits par des boules de métal qui renvoyaient l'éclat lumineux des spots. Gabriel avait déjà vu ça, le truc à la mode qu'on appelait piercing et qui avait remplacé le tatouage. Tous les gamins s'adonnaient au perçage d'une partie, intime ou pas, de leur anatomie. Sourcils, prépuce, lèvres, nombril, et cætera. La fille se rapprocha de Gabriel, elle ne le voyait pas mais il ressentit un profond malaise face à ce regard insistant. Elle finit par se retourner et partit se placer en face d'un autre client. La fille s'agenouilla et lui montra son cul. À ce moment précis, Gabriel pensa à Cheryl.

Et puis il inséra une autre pièce. Sur sa droite, un des rideaux s'était définitivement refermé depuis quelques secondes, ils n'étaient donc plus que deux. Gabriel se tenait voûté dans la cabine, il serait obligé de sortir à reculons. Une batterie de violoncelles envahit la bande sonore, c'était donc pas une sonate. La fille s'allongea sur le matelas et se mit à se caresser. Plus précisément, elle procédait à un simulacre de masturbation. C'était pas si agréable que ça à regarder, c'était même plutôt misérable. Pas pour elle mais pour celui qui matait. Le dernier rideau se referma et l'inconnu ne poursuivit pas la séance. À genoux, la fille revint donc vers Gabriel, elle cligna d'un œil et s'assit. Elle passa ses jambes derrière sa nuque et garda la position pendant une dizaine de secondes. Il fallait un sacré entraînement pour se contorsionner de la sorte. Elle ferma les paupières et roula sur le côté, c'était encore plus étonnant vu de dos. Gabriel remit dix balles. L'apprentie gymnaste déplia ses membres et se releva. C'était le moment de passer à autre chose. Une rencontre en chair et en os. La fille lui fit signe de sortir et Gabriel obtempéra.

4

— Tu connais le principe... Tu restes assis et tu t'occupes comme tu veux... Sans dépasser la ligne blanche...

Malgré les bouts de ferraille dans sa bouche, elle parlait très distinctement. La pièce ne faisait pas plus de trois mètres sur deux. C'était l'endroit où le client, moyennant cent francs, se retrouvait seul avec la fille et pouvait tranquillement s'adonner à la jouissance du solitaire. Mais Gabriel n'ouvrit pas sa braguette, il posa ses coudes sur ses genoux et fixa la demoiselle qui s'apprêtait à reproduire les mêmes figures que tout à l'heure.

— Je ne suis pas là pour ça...

La fille le dévisagea sans arrêter de se trémousser.

— Bah, qu'est-ce que tu veux alors ?... Je fais pas la pute, tu sais...

Mais ça manquait quand même de conviction. Gabriel déposa un deuxième Delacroix sur la tablette.

— Je suis là pour autre chose.

— T'es pas un flic ?

Gabriel répondit négativement de la tête en lui souriant. Elle regarda les billets puis croisa les bras sur sa poitrine.

— Je veux juste vous poser quelques questions... Et pour chaque bonne réponse je rajoute un billet.

— C'est tout ?

— C'est tout.

— Bon bah... Allez-y...

Le vouvoiement signalait au passage que la conversation prendrait une couleur différente.

— Muriel Côte, ça vous dit quelque chose ?

— J'la connaissais pas. Vous savez, je suis étudiante, je fais ce boulot de temps en temps, ça me permet de payer mon appart... Je fréquente pas les gens de ce milieu.

C'était évidemment ce que toutes les filles répondaient aux pigeons-dragueurs bourrés d'artiche. Dans une minute, elle demanderait à Gabriel s'il était libre ce soir. Ce n'était pas une pute, juste une fille qui faisait ça pour payer son appart.

— Muriel Côte a été retrouvée dans le canal de l'Ourcq.

— Ça merci, j'suis au courant. Et d'abord, pourquoi vous me posez toutes ces questions ?

— Si je réponds aux vôtres, je serais obligé de récupérer mes billes.

— O.K., j'ai rien dit... Pour ce qui est de Muriel, je vous ai répondu, j'la connaissais pas.

— Vous savez où elle travaillait ?

— Un peu partout, mais je crois qu'elle traînait pas mal au Club 33, c'est un peu plus bas dans la rue...

Gabriel rajouta un billet sur le tas.

— Vous connaissez le nom du patron ?

— Ils sont plusieurs, mais les rares fois où j'ai travaillé là-bas, j'ai toujours traité bizness avec Rudy.

— Elle avait un petit ami ?

— Qui ça ?

— La morte.

La fille se marra brièvement.

— Ça m'étonnerait, j'l'ai toujours vue qu'avec des femmes...

— Traduction ?

— Faut vous faire un dessin ?

— Ce sera pas nécessaire.

Il déposa un dernier billet et se leva. Donc, à première vue, la défunte était une gousse.

— Je vous remercie de votre collaboration, mademoiselle...

— Sylvie... Si vous savez pas quoi faire un de ces soirs, laissez un message au vieux, à l'entrée, il sait où me trouver.

— J'y penserai.

Gabriel baissa la tête et ouvrit la porte.

— Eh, maestro...

Il se retourna. La fille prit la pose et lui tira la langue.

— Avec ça, j'fais des merveilles.

— Je n'en doute pas.

Et il sortit, quand même sceptique.

5

Le Club 33 n'était pas très éloigné de la rue de Tracy. Avant, Gabriel avait dépassé la rue Blondel, et des tas de souvenirs lui étaient revenus. Le souvenir d'une époque où Paris était moins grand, où le tumulte urbain ne dépassait pas le périphérique. Il s'était arrêté et avait humé l'air.

Adossées aux murs, il y avait des filles très belles qui fumaient des cigarettes et discutaient entre elles. Mais il y avait aussi des filles très moches, qui fumaient aussi des cigarettes et discutaient entre elles. C'est là qu'intervenait la délicate relativité de la beauté plastique. Il y avait des femmes énormes et courtes sur pattes qui n'arrêtaient pas d'emballer le client, c'était vraiment étonnant à regarder. Alors qu'à quelques mètres, de très belles dames offraient leurs charmes pour le même tarif.

Un monstre colossal, sans âge, dont la lèvre supérieure s'ourlait d'un épais duvet noirâtre, fit signe à Gabriel. Il s'approcha, à contrecœur, de l'ignominie. Elle devait peser le même poids que lui pour une cinquantaine de centimètres en moins. Des ongles immensément rouges aux bouts de doigts rétrécis et un tour de taille comme une barrique. Gabriel fut obligé de se pencher anormalement vers elle pour la regarder.

— Je vous ai reconnu, vous savez...

C'était pas réciproque. À moins qu'elle n'ait joué dans *Freaks*.

— Et je vais vous dire, vous avez bien eu raison de pas faire confiance à Pamella... C'est qu'une salope, et il faudrait qu'elle crève à l'hôpital cette vieille vache !

Gabriel la regardait sans broncher, elle le prenait pour quelqu'un d'autre, obligatoire. Tout excitée, la grosse boule ouvrit son sac et sortit un bout de papier froissé et un crayon.

— J'peux pas vous laisser partir comme ça... J'en s'rais malade !

Elle lui tendit la pointe Bic. Gabriel esquissa un semblant de sourire.

— Qu'est-ce que j'mets ?

— Pour Thérèse... Un truc sympa... Enfin, vous devez avoir l'habitude...

Il griffonna une courte banalité et lui rendit le crayon.

— Eh bah, vous signez pas ?

— Si bien sûr...

— Mettez votre vrai nom parce que sinon personne voudra me croire...

— Ah oui... Mais... C'est quoi déjà mon vrai nom ?

La femme écarquilla ses yeux et entrouvrit la bouche, formant un O écrasé aux pôles.

— Bah, Roger Thibaut...

— Bien sûr, Thibaut.

Gabriel inscrivit le nom en lettres capitales et lui rendit le crayon.

— Voilà.

— Elles vont pas en r'venir... Eh, au fait, Tony, c'est vous qui l'avez tué ?... Bon je sais, normalement vous devriez pas avoir le droit d'en parler mais si i'faut encore attendre trois épisodes pour savoir la fin, moi j'tiendrai jamais...

— Non, ce n'est pas moi.

— Ha bah tant mieux !

Elle posa une main sur son poitrail informe et parut soulagée.

— J'aurais pas supporté qu'on vous mette en taule à cause de Victor, c'est qu'il vous en veut ce petit salaud !... Alors, entre nous, qui c'est qui l'a tué, l'Tony ?

— C'est mon frère.

Elle était sciée.

— Quel frère ?

— Roger, mon jumeau.

— Bah merde alors... On l'a jamais vu celui-là ?

— Il n'arrive qu'à la fin.

— Ah bah merde alors !... Ça promet...

6

D'une main, Gabriel écarta le rideau d'entrée du Club 33. Sortant d'une enceinte suspendue, une voix d'homme chantait *Faut pas rêver*. Mais la plupart des types agglutinés près des présentoirs faisaient tout le contraire, car aucun d'eux n'était prêt à suivre les précieux conseils de Patrick Juvet. Gabriel s'approcha du comptoir et attendit sagement que le vendeur finisse de ranger un lot de cassettes sur une étagère. Le magasin s'étendait en profondeur, toute une série de pièces les unes à la suite des autres, disposant chacune de produits rigoureusement classés par genre et par spécialité. Cassettes sans frontières, revues internationales, objets rigoureusement phalliques, panoplies en latex, crèmes lubrifiantes, lotions et potions diverses. Le jeune homme aperçut Gabriel et lui sourit. La boule à zéro et les yeux faits.

— Monsieur...

— Bonjour, j'aimerais voir Rudy.

Du menton qu'il avait pointu, le garçon désigna le fond du magasin.

— Tout au bout, Rayon SM.

— Merci.

Impossible de ne pas regarder, de ne pas voir le trop-plein d'images, l'abondance de dépravations affichées. Aucun homme normalement constitué ne pouvait rester de marbre. Gabriel dépassa le stand des godemichés et des boules de geisha. Il poursuivit vers l'antre de la gérontophilie danoise et de la scatologie germanique. Pour un non-expert, c'était plutôt impressionnant. Plus Gabriel avançait et plus les perversions s'aggravaient, y'avait même des trucs carrément dégueulasses. Notamment un poster où deux femmes faisaient disparaître leurs mains dans l'anus d'un homme accroupi. Saisissant.

Dans l'angle de la dernière pièce, après la salle de projection et les cabines de peep-show, le fameux Rudy était affairé à fixer un martinet clouté au mur. Gabriel s'approcha du grand échalas. De longs cheveux bruns tombaient en cascade sur ses frêles épaules et ses oreilles étaient criblées de petites perles colorées. Gabriel lui tapota le bras. Le type sursauta et se retourna vivement.

— Vous êtes Rudy ?

— Ouais...

Il avait un léger strabisme et un minuscule tatouage au-dessus de l'œil gauche.

— Inspecteur Bichard.

— Et alors ?

— J'aimerais vous poser quelques questions.

— Pour quoi faire ?

— C'est à propos de Muriel Côte.

Le gars soupira, le martinet se cassa la gueule, décrochant au passage une cagoule de tortionnaire.

— Et merde...

Il les ramassa.

— Qu'est-ce que vous voulez savoir ?... J'ai déjà tout dit à vos collègues.

— Ce ne sera pas long.

Rudy acquiesça et fit signe à Gabriel de le suivre. L'homme

ouvrit une porte ornée d'une pancarte sur laquelle on pouvait lire « Privé » et l'entraîna dans un couloir sans éclairage. Ils entrèrent dans une pièce dépourvue de fenêtre et Rudy lui proposa de s'asseoir sur une chaise de jardin. Le néon fixé au plafond crachait une lumière crue et sans pardon. Rudy, le visage blanc comme un linge, alluma une clope et posa ses fesses sur un semblant de bureau. Gabriel lui rajouta cinq ans.

— J'ai pas beaucoup de temps, vous savez...

— Muriel Côte travaillait ici ?

— Ouais, ça faisait un peu plus d'un an... Mais elle venait que deux ou trois fois par semaine... Putain, j'ai déjà raconté tout ça...

— Elle vous a pas semblé nerveuse ces temps derniers ?

— Nan.

Gabriel se fourra dans le bec un bonbon à la violette piqué sur le bureau.

— Sûr ?

— Puisque j'vous l'dis.

— Vous couchiez avec elle ?

— Ça va pas la tête !

Le gars se gratta la cuisse.

— Vous êtes malade, vous... J'la voyais rarement, bonjour bonsoir, elle faisait son numéro et basta...

— Elle avait un petit ami ?

— Pas qu'je sache.

Il avait pas bronché d'un poil le bougre.

— Rudy, depuis combien de temps vous vous piquez ?

— Eh oh, qu'est-ce ça peut vous foutre ?

— J'te conseille de prendre un autre ton avec moi.

— J'vois vraiment pas l'rapport, moi... C'est vous qui m'agressez... J'touche plus à la came, c'est fini c't'époque, mauvais trip...

— Tu savais qu'elle préférait les femmes ?

— Bien sûr, fallait être miro pour pas s'en rendre compte.

Gabriel pensa à Clarence, à Daktari.

— Son nom ?

— J'en sais rien moi... J'fréquente pas les gouines du quartier...

Gabriel se leva et garda le silence pendant plusieurs secondes.

— Voilà ce que je vais faire, Rudy... Comme je crois que tu continues à te charger à mort, je vais demander à la brigade des stups qu'on te fasse passer un petit examen... Histoire de t'aider à décrocher... C'est tout nouveau dans le service, ça favorise la prévention et évite la répression... Parce que ça me fait mal de te voir dans cet état...

— Eh, de toute façon, vous avez pas l'droit de m'forcer !

— Et mes couilles.

— Vous êtes malade !

— Je crois que c'est toi qui es très malade... Tu ne resteras pas plus de trois semaines à l'hôpital, j'te promets... Tu verras, les médecins ont l'habitude... Ne te fais aucun souci, ils te sortiront de cette mauvaise passe...

Gabriel le salua et se dirigea vers le couloir.

— Oh oh, attendez !

Le Poulpe s'arrêta.

— C'est des conneries tout ça, hein ?... Vous essayez de me foutre la trouille, pas vrai ?

Gabriel se retourna lentement vers lui et prit un air peiné.

— Non, Rudy... C'est exactement comme ça que les choses vont se passer.

Rudy se gratta vigoureusement les mains et écrasa sa cigarette.

— Ah merde, putain... Vous faites chier !

— Alors... Où est-ce que je peux trouver l'amie en question ?

— Vous avez pas intérêt à me balancer, compris ?... J'veux rien avoir à faire avec cette salope, c'est une coriace cette fille-là... D'abord j'connais même pas son nom, j'sais juste qu'elle tient une boîte de lesbos dans la rue du Jour... Le Coxe, un truc dans c'genre...

Gabriel ne répondit rien à Rudy, il tourna les talons et pénétra dans le couloir.

— Bon alors on oublie l'histoire de l'hosto, hein ?

— Pour l'instant.

Et Rudy ne vit plus Gabriel. Il alluma une autre cigarette et commença à sortir son attirail d'un des tiroirs du bureau.

— Putain de flic.

7

Gabriel ne savait pas pourquoi.

Pourquoi il avait regardé là plutôt qu'ailleurs. Avant de quitter le Club 33, sur sa gauche, à ras du sol, une vision grotesque, pas tellement rose, une image en rouge, fugitive mais très précise, avec des gens, emmêlés et nus. Un vieux bac en plastique rempli de photographies anonymes, vendues à la pièce, des clichés pornographiques d'amateurs, même pas classés, posés en vrac dans une bassine jaune, à l'épreuve des regards. Et tous ces inconnus serrés les uns contre les autres qui, sans le savoir, formaient la plus monumentale des partouzes au centimètre carré.

Et ce visage de femme, au centre des ébats, et ce corps devenu la conquête de ces mâles, simples quidams, seule parmi trois hommes dont on ne voyait plus le sexe. Ce regard où l'étonnement rivalisait avec la crainte. Cette drôle de position tordue, le buste replié et les mains cachées, toute cette intimité offerte et souillée, salissant le souvenir de cette fille qu'il avait si souvent possédée, lui, Gabriel, qu'il avait aimée durant ces deux petites années de fac. Il n'y avait aucun doute sur l'identité de la personne, aucune erreur possible, cette femme-là s'appelait Christine, Christine Vilarp, et elle avait été l'amie de Gabriel, de 1978 à 1980. Il en était sûr, y'avait pas photo, il aurait pu la reconnaître entre mille, celle qui avait rompu du jour au lendemain, sans explication, parce qu'elle était comme ça, imprévisible et libre, attachante et insaisissable. Tout en maudissant le hasard, Gabriel se baissa et sortit l'image de son casier. La même chevelure blonde, les mêmes yeux profonds et rapprochés, la même peau nacrée, juste la face un peu plus ridée, au-dessous du nez et dans le cou. La seule nouveauté c'était le tatouage, en forme de fer à cheval, à côté du mamelon gauche. Il la tint serrée dans ses doigts, il était calme, triste mais calme. Avec les mains dans le dos, on pouvait imaginer n'importe quoi. Et puis, il y avait cet orifice qu'elle accordait à l'un des garçons, celui que Christine avait toujours refusé à Gabriel. Et ça, c'était un signe. Un putain de signe qui ne trompait pas.

Il se dirigea vers le comptoir. Sans un mot, le petit serveur prit son article et l'emballa dans un sac en papier. Gabriel paya et sortit du Club 33.

8

Muriel Côte allait devoir attendre un peu. Y'avait plus urgent. De toute façon, la pauv'fille était plus aux pièces. Durant le trajet, Gabriel ne regarda pas une seule fois la photographie. Il évitait de penser au passé, mais c'était pas facile. Les bons souvenirs revenaient à la charge. Comme ceux que l'on éprouve après l'enterrement d'un ami. Mais rien ne prouvait que Christine était morte, absolument rien. Gabriel avait juste un pressentiment, un mauvais pressentiment. C'était l'expression du visage qui le chagrinait le plus, parce que ça pouvait ressembler à un appel au secours. Enfin, c'est à cela qu'il voulait croire.

Gabriel connaissait Rinaldo depuis pas mal d'années. Rino, pour les intimes, s'occupait d'immobilier. Il louait des immeubles, des appartements, des studios, des chambres. Surtout des chambres, avec un lit et un lavabo. C'était sa spécialité. Il était responsable de la gestion d'un parc immobilier entre le deuxième et le dixième arrondissement de Paris. Ses clients lui confiaient leurs biens et Rinaldo faisait de son mieux pour gérer tous les lieux susceptibles d'intéresser souteneurs et prostituées. Il vivait sur les frais d'agence et touchait un petit pourcentage au mois. C'était un homme tranquille et sans vices, très travailleur et fidèle.

Gabriel sortit de la bouche de métro Pompe et se dirigea vers la rue de Lota. Ça faisait bien six mois qu'il avait pas vu Rino. La dernière fois, ils s'étaient rencontrés par hasard dans le square de la Tour Saint-Jacques, un matin. Ils avaient été boire un café et Rino lui avait refilé sa nouvelle adresse, au cas où. Et le cas où était arrivé. Depuis dix ans, par obligation, Rinaldo fréquentait toutes les travailleuses du quartier des Halles. Il était donc le mieux placé pour identifier les protagonistes de la photo. Et si Christine tapinait dans le coin, elle avait forcément eu affaire avec Rino.

Gabriel sortit son agenda et trouva rapidement les numéros magiques. Il composa le code d'entrée donnant accès au bâtiment A et s'engouffra sous le porche. Il pianota une deuxième fois sur les touches d'un cadran mural et le hall de l'immeuble lui apparut. Il pénétra dans la cabine en bois sculpté et pourvue d'un siège recouvert de velours rouge. Pour lui, s'asseoir dans un ascenseur aurait été le comble de l'indécence. Il resta donc debout et vit défiler les six étages au ralenti. Gabriel se dirigea vers le fond du couloir et posa son doigt sur la sonnette dorée de M. Dominique Chevalier. Afin d'éviter tout malentendu, Rinaldo avait opté pour une identité plus respectable, plus proche de son pays d'adoption. Un prénom et un nom bien français, laissant en retrait son ascendance portugaise. Pourtant il savait que les Français n'en voulaient pas aux Portugais, ils en voulaient aux Arabes, à l'Algérie, aux Marocains, aux intégristes, aux Juifs et aux Africains, mais pas aux Portugais. C'était bizarre mais c'était comme ça. Au travers du judas, Gabriel sentit le regard posé sur lui. Et la porte s'ouvrit. Rinaldo lui sourit en bâillant.

— Gabriel... Ça, c'est une surprise...

— Salut.

— Bah entre...

Rino céda le passage à son visiteur et referma la porte. L'homme était petit mais carré, taillé dans le marbre, comme une pierre tombale. Il portait un pyjama bleu marine en soie et une paire de mules en cuir noir.

— J'te réveille pas au moins ?

— Non, non...

Gabriel se dirigea vers le salon et Rinaldo partit à la cuisine.

— Vais chercher le café.

Le salon était vaste et chargé de meubles divers. Il y avait trois canapés de couleurs différentes et les portraits de présomptueux toreros ornaient les murs. Un triptyque tauromachique présentait les trois phases importantes du combat, la pose de banderilles, une passe de muleta et la mise à mort. Gabriel s'assit dans un fauteuil Louis XV et allongea ses jambes. Rino fit son entrée, il déposa sur la table basse un plateau surchargé et versa le café chaud dans les tasses. Il s'installa à côté de Gabriel et déplia sa serviette.

— C'est du mexicain... Un coupage spécial que me prépare le torréfacteur...

Gabriel prit la tasse que lui tendait son ami et goûta le café.

— Alors, qu'est-ce que t'en dis ?

— Il est bon.

Rinaldo lui présenta une corbeille de pâtisseries. Gabriel croqua dans une madeleine gorgée de beurre.

— T'as l'air songeur... Des soucis ?

— On peut dire ça.

De toute façon, Gabriel devrait lui montrer la photo. À un moment ou un autre, il faudrait bien démarrer, poser la première question, celle qui lançait la machine.

— T'as écouté la radio ?

— Non, pourquoi ?

Gabriel avait toujours préféré la presse écrite aux bavardages radiophoniques.

— Y'a encore eu un tremblement de terre.

— Où ça ?

— Au Japon.

— Y'a des morts ?

— Ouais. Il parle même d'un record.

En fait, il espérait pas grand-chose de Rinaldo. Juste un avis, une direction, ou peut-être une personne à rencontrer. Gabriel attendrait qu'il ait fini son café, c'était la moindre des choses.

— C'est moche, hein ?

— Ouais.

Gabriel goba une seconde madeleine. Pas simple. Même aussi huileuses, elles avaient du mal à passer.

— Tu veux du miel ?

— Non merci.

— Je fais un traitement à la gelée royale... Tu sais combien ça me coûte ?

— Parce qu'en plus tu dois payer ?

— Tu rigoles, j'en ai pour une fortune, le pot de cinquante grammes me revient à cinq mille balles...

— On arrête plus l'progrès.

— Y paraît que ça empêche de vieillir...

— Ça supprime les poches sous les yeux ?

— Nan, c'est à l'intérieur que ça se passe... Ça purifie les organes et nettoie les artères...

Rino dévisagea Gabriel.

— Mais je crois pas que tu sois là pour m'entendre parler des bienfaits de l'apiculture ?

Il avait raison, c'était trop con d'attendre. Tant pis pour les manières, Gabriel lui tendit la photo et s'adossa confortablement dans son fauteuil. Y'avait plus qu'à attendre.

— Qu'est-ce que c'est ?

— Une image.

Rino fouilla dans sa poche et chaussa une paire de verres grossissants et fumés. Il observa silencieusement le cliché puis le rendit à Gabriel.

— Alors ?

— Alors quoi ?... Qu'est-ce que tu veux que j'en pense ?... Bel exemple de fraternité et goût prononcé du partage.

— Et encore...

— C'est à peu près tout. La fille me semble jolie. Jamais vue. Les mecs non plus. Tu m'expliques ?

D'une certaine manière, ça rassurait Gabriel que Rinaldo ne l'ait jamais vue. D'une certaine manière seulement.

— Je voudrais retrouver la fille qui est au centre.

— Rien qu'ça ?

Rino termina sa tasse et prit un croissant.

— Il faut que je la retrouve.

— Cette charmante demoiselle m'a l'air majeure et vaccinée...

— Justement, la trace de ce vaccin-là me dérange... Il n'est pas placé au bon endroit et me paraît un peu plus gros que la normale.

— Chacun ses goûts. Tu l'as trouvée où ?

— Dans un sex-shop de la rue Saint-Denis...

— Dans une « boîte à amateurs » ?

— Appelle ça comme tu veux...

— J'invente rien. C'est comme ça qu'on appelle la caisse aux anonymes... Ce sont des particuliers qui viennent vendre leurs ébats sexuels en photos ou en films... Des fois, ils les envoient gratuitement, sans rien en échange... Ce qui les excite, c'est de savoir que des inconnus vont les acheter et se faire plaisir avec.

Gabriel se servit un autre café, Rinaldo lui présenta sa tasse.

— Ça va pas être facile ton histoire...

— La date au dos de la photo indique que la pellicule a été développée il y a deux mois... Je suppose qu'on attend pas trop longtemps pour faire tirer des prises de vue de ce genre...

— Sans doute... Montre-moi encore...

Gabriel lui tendit de nouveau la photo et but une gorgée de café bouillant.

— Non. Jamais vu ces types-là.

Il regarda de plus près la cicatrice en fer à cheval.

— C'est ça qui t'inquiète ?

— Ça te paraît naturel ?

— Pas vraiment. Mais ça ne veut rien dire. Y'a des tas de filles qui se font tatouer n'importe quoi n'importe où sur le corps.

Gabriel en savait quelque chose, à l'armée, il avait lui-même succombé à la tentation. Il récupéra Christine Vilarp et la rangea dans sa veste.

— Je peux poser la question à deux ou trois personnes si tu veux... Je te garantis rien mais on sait jamais...

— Ouais, on sait jamais.

— Et pourquoi que tu tiens tant à la retrouver, cette fille ?

Il fallait combler le vide mais Gabriel hésita néanmoins à reprendre une madeleine. Il frôlait l'écœurement.

— Pour m'assurer qu'elle vit encore.

9

Gabriel devait retrouver Cheryl ce soir, après la fermeture du salon. Ils avaient décidé de se payer le japonais de la rue Popincourt et de terminer la soirée bien au chaud dans les draps.

Il avait donc toute la journée pour déménager. Il trouverait un petit hôtel pas très loin du Conservatoire National des Arts et Métiers, ça l'éloignait du Pied de Porc à la Sainte-Scolasse mais le rapprochait de la rue Saint-Denis. Car c'est ici que l'enquête avait commencé et c'est ici qu'elle allait se poursuivre. D'abord, il retournerait au Club 33 pour interroger le petit vendeur, on ne sait jamais, ce garçon connaissait peut-être le fournisseur des clichés d'amateur. Y'avait peu de chances mais fallait tenter. Et puis il attendrait sagement l'hypothétique appel de Rinaldo. Gabriel devait le rappeler et lui laisser son nouveau numéro une fois qu'il serait installé.

Il grimpa dans le 63. Le bus était presque vide. Un gosse en jogging avec une casquette trop grande vissée sur le crâne et une mémé recroquevillée sur son siège, un chihuahua dans les bras. Le temps du trajet jusqu'à la gare de Lyon serait d'au moins trente minutes. Une demi-heure, c'était bien suffisant pour potasser l'un des songes du *Livre des rêves* de Luc Dietrich. Drôles de petits récits, courts et pas gais, souvent tristes, comme tous ses autres livres. À chaque lecture d'un songe, Gabriel était inévitablement renvoyé au *Bonheur des tristes*, son premier roman.

Gabriel dévisagea le quart de chien et sa mémoire dietri-chienne se mit en marche. « *Les bêtes ne demandent jamais l'heure... Elles ne ferment jamais les portes.* »

Tout cela était vrai. Puis il pensa aux autres portes, les siennes, celles qu'il allait devoir ouvrir. Ou défoncer.

10

Gabriel avait trouvé un petit hôtel tranquille dans le passage de l'Industrie. Modeste et discret, aux chambres sobres et sans chichis. La ruelle donnait à la fois sur le boulevard de Stras-bourg et sur la rue du faubourg Saint-Denis. C'était un peu plus haut que prévu mais ça lui convenait. Il avait laissé un message sur le répondeur de Rino, lui donnant son numéro et le remer-ciant d'avance pour son aide. Gabriel avait ouvert ses valises et rangé ses vêtements dans la minuscule penderie près de la porte.

Le réceptionniste, âgé d'une cinquantaine d'années, était un homme peu bavard mais très arrangeant. Car certaines des chambres de l'hôtel voyaient parfois défiler plusieurs clients dans la même journée. Eh oui, c'était le quartier qui voulait ça. Mais cette singulière agitation se passait surtout au niveau des deux premiers étages. Au-dessus, le calme régnait. Un calme sur-prenant lorsque l'on savait que la rue la plus bruyante de Paris n'était qu'à une centaine de mètres.

Gabriel quitta l'hôtel et se dirigea vers le premier bistrot à por-tée de jambes. L'endroit, peu éclairé et rempli de fumées diver-ses, s'appelait le Lotus. Il pensa d'abord à la fleur de nénuphar, au bleu d'Hergé et à la position. Mais la mythologie racontait aussi que le lotus était un fruit et qu'il venait du pays des Loto-phages, et qu'il était si délicieux au palais qu'il faisait oublier leur patrie aux étrangers. À entendre les différentes langues par-lées dans le rade, Gabriel fut heureux de constater que c'était pas en bouffant des olives qu'on prenait l'accent marseillais.

Il s'accouda au comptoir et commanda une pression à l'adoles-cent de serveur. De grandes affiches étaient punaisées aux murs, Gabriel y découvrit les compositions d'équipes de football ayant eu leurs heures de gloire à la fin des années 70. Le juvénile lui servit sa boisson. Il portait un tee-shirt dont le transfert vantait les mérites de la transe musicale. C'était pas le genre du bistrot et pourtant le jeune gars semblait réagir au tempo de l'accordéon jaillissant d'un transistor miniature. Il est vrai qu'il avait les yeux un peu rouges le garçon. Gabriel gomma son image et se plongea dans *Le Livre des rêves*, il voulait terminer « *La révolte des femmes* », il en était au moment où un type était empalé sur un porte-plume géant.

— C'est géant, hein ?

Gabriel releva la tête vers l'ahuri.

— Comment ?

— C'est canon, hein ?

Il désigna le livre que Gabriel tenait dans les mains.

— L'homme qui écrit avec son sang, super... Vous avez lu « *L'apprentissage de la ville* » ?

Gabriel acquiesça. Il était quand même un peu soufflé par le gamin. C'était pas courant de rencontrer un amateur de Dietrich, surtout chez les jeunes.

— Et *Les Emblèmes végétaux*, vous connaissez ?

— Non.

— Ça, c'est bon... Vachement poétique mais hyper délire...

Gabriel goûta sa bière. Trop glacée. Il réchauffa le verre dans sa main. C'était dans des moments pareils que la Duvel lui manquait. Deux mecs en costards croisés entrèrent et partirent s'installer en silence au fond de la salle. Typés hommes d'affaires du milieu.

— Vous en êtes où ?

— Hein ?

— Dans le bouquin, vous en êtes où ?

— À « *La révolte des femmes* ».

— Ah ouais, délire... Mon préféré c'est « *Les mains coupées* »... L'avez pas encore lu ?

— Nan.

— Vous allez voir, elle est plutôt du genre active celle-là...

Gabriel ne lui donnait pas plus de dix-sept ans. Il se demanda comment un jeune amateur de techno avait pu rencontrer l'écrivain le plus méconnu de ce siècle. Mais il n'eut pas le temps de poser sa question.

— J'l'ai découvert en lisant l'aut'fondu, là... Son pote, vous savez bien... Celui qui l'a entraîné dans la secte, mince, je sais plus son nom...

Il se gratta la tête en plissant les paupières. Gabriel referma son livre.

— J'vois pas.

— Mais si...

Gabriel but de nouveau. La température du breuvage était un peu plus réglementaire mais une odeur de détergent avait pris le dessus.

— Vasto... Ouais c'est ça, Del Vasto !... Putain, faut que j'arrête la fumette, moi, ça me ramollit les cellules...

Le Poulpe avait vaguement entendu parler de cet auteur mystique prénommé Lanza. Espèce poétique du début de siècle.

— J'pourrai vous l'prêter, si vous voulez...

— Quoi donc ?

Difficile de suivre les pensées débridées du jeune tireur de bambou.

— Bah *Les Emblèmes végétaux* !

— Pourquoi pas, oui... C'est gentil...

— Non, c'est la moindre des choses... Faut bien s'entraider entre groupies.

Il tendit sa main par-dessus le comptoir. Une main dotée de longs doigts cerclés de bagues.

— Je m'appelle Michel... Mais tout le monde m'appelle Mimi.

Gabriel présenta sa paluche et ils se serrèrent la main.

— Moi, c'est Gabriel.

— Délire !... Comme l'archange... Ça fait qu'on est deux, manque plus que l'troisième... C'est un signe, ça !... Vous saviez que Gabriel c'est celui qu'a dicté le Coran à Mahomet ?

— Non.

— Eh oui, sans Gabriel pas d'Islam... Il était partout ce gars-là... Sur tous les fronts... Un génie, pas vrai ?

Mais Gabriel ne le regardait plus. Il fixait autre chose, un point précis, plus bas que le visage, son regard braquait l'une des mains baguées du garçon.

— Ça va pas ?

— Si, si... Je peux voir vos mains ?

Mimi ouvrit tout grands ses yeux myxomatosés.

— Qu'est-ce qu'elles ont ?

Il contempla ses mimines et présenta les paumes de ses mains à Gabriel.

— Vous savez, je suis pas très branché chiromancie... J'crois pas trop à toutes ces conneries...

Gabriel retourna la main droite de Michel et désigna l'une de ses bagues.

— J'peux te tutoyer, Mimi ?

— À condition que j't'appelle Gaby...

— Accordé.

Évidemment, ça ne voulait rien dire. Le motif était très ressemblant mais les tatoueurs n'avaient pas le monopole du fer à cheval. N'importe qui pouvait le représenter sur n'importe quoi. Enfin quand on a rien d'autre, on s'accroche à ce qu'on peut.

— Où est-ce que je peux me procurer une bague comme la tienne ?

— Laquelle ?

— Celle-là.

— Ah bah c'est pas d'chance parce que celle-là on me l'a offerte... J'l'aime pas tellement mais comme c'est l'cadeau d'une nana j'suis obligé de la porter... Franchement, j'ai mieux...

Michel lui montra celle d'à côté. Une tête de mort traversée par des éclairs jaunes.

— Mate un peu... Ça symbolise le pardon... C'est quand même pas la même camelote !

— Je préfère l'autre. J'te l'achète, si tu veux ?

— Tu rigoles, c'est un cadeau... J'peux pas vendre un cadeau... C'est trop dégueu... Ce serait sacrilège... Tu m'excuses, Gaby, mais...

— Oui, j'comprends...

— Désolé, vieux... Vraiment... Non, c'que j'peux faire à la rigueur c'est lui demander où elle l'a achetée...

— Tu peux faire ça pour moi ?

— À l'aise... Ça va pas m'tuer !

Et il éclata de rire. Dave remplaça l'accordéon. Gabriel rangea *Le Livre des rêves* dans sa veste et vida sa bière.

— Je repasse après-demain, ça te va ?

— Pour le bouquin, faudra qu't'attendes un peu...

— C'est pas grave.

Gabriel déposa la monnaie sur le comptoir.

— Non, c'est pour moi...

— T'es sûr ?

— J'travaille quasiment gratis pour mon oncle, j'peux bien payer des canons de temps en temps.

Gabriel se dirigea vers la porte.

— Eh Gaby...

Michel lui fit signe de revenir. Gabriel se rapprocha du comptoir.

— J'vais peut-être dire une connerie, mais... Tu serais pas un genre de détective ?

Gabriel posa un doigt sur ses lèvres. Michel s'envoya une grande claque sur le front.

— Oh, l'délire !

11

Tout ça c'était des conneries.

Michel et sa bague, le Lotus et *Les Emblèmes végétaux*. Des fers à cheval on en trouvait à tous les coins de rue.

— À quoi tu penses ?

Gabriel ramena son regard sur le visage de Cheryl. Ceux de Christine Vilarp et Muriel Côte s'effacèrent instantanément.

— Pardon ?

— Tu ne m'écoutes pas...

— Si, bien sûr...

— Te fous pas de moi, Gabriel... Je peux savoir avec qui tu manges ce soir ?

Ce soir, Gabriel ne se sentait pas d'attaque pour contrer une scène. De plus, c'était pas inscrit au programme. Le programme disait juste miam-miam, boum-boum et do-do.

Cheryl avait attaché ses cheveux blonds avec une barrette dorée en forme de papillon, elle portait un tailleur bleu marine très moulant et des escarpins vernis. Comme aurait dit Mimi, elle était très « active ».

— T'as plus faim ?

— Non, je vais m'arrêter là.

Gabriel reposa ses baguettes et but une gorgée de Pilsen. La bière fabriquée avec la meilleure eau de source du monde.

— Tu connaîtrais pas le prénom des archanges, par hasard ?

— Pourquoi tu m'demandes ça ?

Gabriel haussa les épaules.

— Comme ça.

Qu'est-ce que ça pouvait bien foutre le nom des trois sbires ailés. Gabriel se demanda si Mimi lui avait pas versé une saloperie dans sa bière, histoire de l'égayer un peu.

— La Bible n'en cite que trois... Le premier tu le connais, c'est Gabriel... Le deuxième c'est Michel, le chef de la milice céleste... Et le troisième... Mince, je m'en souviens plus...

— Laisse, c'est pas grave...

— Bah si, écoute... Pourtant je le connais, c'est celui qui a conduit Tobie au pays de Mèdes...

— Toby le chien ?

— T'es vraiment nul... Tobie le sage, de la tribu de Nephtalie.

Sidéré et immobile, Gabriel la dévisageait. Comme quoi, y'avait encore des moments de grâce.

— Ça t'en bouche un coin, ça !

— Tu l'as dit.

— Vestige du catéchisme, mon vieux...

— Victime du schisme.

— Très spirituel.

— Autant pour moi.

Et ce fut le silence.

12

Gabriel et Cheryl occupaient maintenant l'une des trois pièces de l'appartement situé au-dessus du salon de coiffure. La chambre. Gabriel avait viré toute la famille de kangourous et avait installé les peluches sur la table de coiffure. Il s'était mis à poil et Cheryl avait conservé, à sa demande, son porte-jarretelles et son soutien-gorge.

Gabriel était allongé et Cheryl faisait un angle droit à hauteur de son bas-ventre. Ça durait depuis une dizaine de minutes et c'était formidable. Dans son cadre d'origine, Michèle Pfeiffer les observait, respectueuse et indulgente. Gabriel pouvait citer une dizaine de stars américaines opérées, comme elle, par le même chirurgien. Un gars malin qui laissait sa patte à chaque ravalement de portrait. Elles étaient rares mais y'avait aussi quelques Françaises parmi les élues. Des filles gentilles, pas des comédiennes. Rien à voir avec Romy Schneider.

L'ambiance était chaude. Boum-boum battait son plein et dodo pointait son nez. On arrivait au bout, y'avait plus qu'à écouter et regarder l'apogée final. Les petits râles de plaisir mélangés et les peaux toutes suintantes.

Ils jouirent presque en même temps.

Et puis, modestement, chacun reprit son souffle. Cheryl retira sa barrette.

— C'est Raphaël.

Gabriel avait déjà fermé les paupières. Il avait les mains tendues vers l'échelle et s'apprêtait à descendre doucement dans le grand trou sombre. Pour se perdre dans la nuit.

— Oh, Gabriel, tu m'entends ?

Il dut combattre sa flemme, à bras-le-corps, alors Gabriel parvint à revenir vers la lumière.

— Quoi ?

— Le troisième archange, c'est Raphaël.

Gabriel resta immobile, les yeux ouverts. Il répéta mentalement plusieurs fois ce prénom en fixant le plafond.

Non, il en était certain. Gabriel ne connaissait aucun Raphaël. Sauf le peintre, évidemment. Il se souvint d'un tableau exécuté par le maître des madones, une drôle de toile au titre expéditif, *Saint Michel terrassant le démon*. Juste un instant, très court, il imagina Mimi. Le pauvre Mimi, le joint au bec, luttant comme un forcené contre les Ombres du Mal.

Et puis plus rien.

13

Aucun message ne l'attendait à son hôtel. Le réceptionniste le salua à peine et Gabriel en fit autant. Il gravit les quatre étages et pénétra dans sa chambre. Cette histoire de fer à cheval le turlupinait sérieusement. De plus, en dehors de la photo, c'était le seul indice visuel dont il disposait. Il ne se faisait pas d'illusions concernant la provenance de la photographie mais, par acquit de conscience, il interrogerait le vendeur du Club 33. Il ne s'attendait pas à des révélations fracassantes et pourtant, une petite voix intérieure l'encourageait à rechercher l'auteur de ce cliché.

Il fallait voir les choses de façon très primaire. Un fer à cheval, ça se mettait sur le sabot d'un canasson. Bon. Ça en faisait donc un ongulé domestique, ça prouvait que l'animal était passé du monde sauvage à l'état de serviteur. C'était le meilleur moyen et le passage obligé pour en faire un compagnon sage et obéissant. Voire utile, travailleur et productif. En admettant que les fers à cheval se mettaient sur les juments, et si on comparait Christine Vilarp à la femelle du cheval, on pouvait se dire que la marque sur son sein correspondait à une espèce de signe, comme au temps des cow-boys, lorsque les fermiers marquaient leur bétail, pour éviter les méprises et signaler clairement aux visiteurs que la bête appartenait déjà à quelqu'un.

Alors si on admettait que Christine appartenait à un cheptel, on admettait également qu'elle n'était pas la seule dans ce cas. Tout cela était un peu tiré par les cheveux mais ça se tenait si on avait envie d'y croire.

Gabriel pensait qu'un fermier honnête n'avait aucun intérêt à sacrifier son bétail. Qu'au contraire, il en prenait soin, le ménageait, parce que c'était son gagne-pain. Toute sa vie. Et parce qu'un fermier normalement constitué aimait les animaux.

Seulement tous les fermiers n'étaient pas normalement constitués.

Et malheureusement, tous les fermiers n'étaient pas honnêtes.

Et Gabriel savait aussi qu'en fin de carrière, les dadas finissaient à l'abattoir.

14

Gabriel éteignit le Minitel. Il avait cherché pendant plus d'une demi-heure la trace d'une Christine Vilarp. D'abord sur Paris, puis en région parisienne. Rien. Une gentille employée des Télécom lui avait même dit qu'elle n'était pas sur liste rouge. Gabriel lui avait demandé de remonter un an en arrière, au cas où. Rien.

Elle s'était peut-être mariée, c'était peu probable mais fallait se rendre à l'évidence. Ou bien elle n'avait pas le téléphone, ou bien Christine Vilarp avait disparu de la circulation depuis pas mal de temps.

Se faisant passer pour un employé d'une société de recouvrement très connue, Gabriel avait interrogé la Sécurité sociale, et la dernière adresse connue par l'organisme remontait à cinq ans. Dans le onzième, au 6, rue Gobert, à deux pâtés de maisons de chez l'oncle et la tante de Gabriel. Sale putain de coïncidence.

Et au 6 de la rue Gobert, y'avait plus de logement. Plus que des murs, remplis de bureaux. Retour à la case départ. Sans toucher les vingt mille.

15

Rue Saint-Denis. Midi trente.

Le petit vendeur du Club 33 avait abandonné son poste. Rudy ne s'était pas opposé à ce qu'il s'absente du magasin afin de répondre aux questions de l'inspecteur Bichard. Gabriel s'était montré affable et conciliant. Rudy n'était donc pas près d'entrer à l'hôpital.

Ils étaient assis l'un en face de l'autre, à une table ronde, près d'un flipper. Les cheveux du garçon n'avaient pas poussé et ses yeux demeuraient toujours aussi faits. Il avait tout du jeune goin libéré qui assumait parfaitement son homosexualité. Il portait un petit manteau trois quarts dont le col était en fourrure synthétique, un fuseau noir et une paire de richelieus jaunes. Bizarrement, ses oreilles étaient vierges. Un serveur en espadrilles s'approcha d'eux.

— Messieurs ?

— Une noisette, s'il te plaît...

L'homme aux chaussures d'été se tourna vers Gabriel.

— 1664.

— Y'a pas. Tuborg.

Gabriel acquiesça. Merde, une Tuborg. Le serveur s'éloigna. Il portait quand même des chaussettes, ça rassura Gabriel. Le petit vendeur alluma une Marlboro 100.

— Vous en voulez une ?

— Non, merci.

— Vous vous appelez comment ?

— Thierry Barbot. Avec un *t* au bout.

C'est marrant, un Barbot, il en avait connu un à l'école, un champion de baby-foot.

— Vous travaillez au Club 33 depuis longtemps ?

— Assez pour en avoir plein le cul.

C'était pas calculé et personne ne releva la malencontreuse allusion.

— Vous avez quel âge ?

— À votre avis ?

Une réplique totalement dépourvue d'agressivité.

— Trente ?

— Trente-deux. Et toutes mes dents. Pas une seule couronne.

— C'est bien. C'est un signe de bonne santé.

— Ça va. Pour l'instant j'ai pas à m'plaindre.

— Tant mieux, tant mieux... Parce qu'avec toutes les saloperies qui traînent, on est sûr de rien... Pas vrai ?

— C'est juste. Faut être prudent.

— Eh oui, mon petit... C'est notre lot à tous.

Barbot se détendit un peu. L'appartenance de Gabriel à la confrérie gay y était sans doute pour quelque chose. Boney M sortit puissamment du juke-box. Des triples *Money* à répétition. Le serveur déposa la commande et s'éclipsa sans un mot.

— Hier, j'ai acheté une photo.

— Je sais.

— Comment ça vous l'savez ?

— Disons que je m'en souviens. C'est pas tous les jours que Rudy fait dans son froc.

Gabriel lui tendit la photo. Thierry la prit du bout des doigts.

— Pourquoi vous me montrez ça ?

— Est-ce que vous savez d'où elle vient ?

— Bah oui, de la boîte. Hier, je l'ai rangée avec les autres avant que vous arriviez.

— C'est pas c'que j'vous demande... Vous l'avez achetée ?

— Non.

Thierry lui rendit la photo, un peu dégoûté. Il prit sa tasse et but d'un trait la noisette fumante.

— Elle fait partie d'un lot spécial. J'm'en souviens parce que c'est moi qu'ai été chercher le colis à la poste.

Gabriel ne réagit pas immédiatement, c'était trop beau pour être vrai.

— C'est un type qui nous les envoie gratuitement... En échange, on lui fait des prix sur certains articles.

— Et vous avez son adresse ?

— Bien sûr, au magasin. Ce mec ne commande que par catalogue, il est jamais venu à la boutique.

Gabriel vida la moitié de son verre sans s'en rendre compte.

— Moi qui croyais que vous alliez m'interroger sur Muriel...

Merde, Gabriel n'y pensait plus. La fausse noyée lui était complètement sortie de la tête. De toute façon, Christine Vilarp lui suffisait amplement. La pauvre Muriel Côte était morte et serait bientôt enterrée.

— Y'a beaucoup de pédés dans la police ?

C'était plutôt incongru comme question, mais Gabriel s'en foutait. Il se foutait autant des flics que des pédés.

— Oui, pas mal.

Contrairement à ce que l'on aurait pu croire, ça ne rassura pas Thierry Barbot.

— Surtout chez les hommes mariés, insista Gabriel.

— Ça m'étonne pas.

Le Poulpe paya et vida sa bière. Il avait chaud dans la tête.

— C'est la vie.

— Bah ouais, c'est la vie, inspecteur.

16

Gabriel conduisait une 205 de location. Cent dix kilomètres au compteur et un bel autocollant « Avis » sur le pare-brise arrière. Une peinture verte éclatante et un tableau de bord rutilant. L'autoradio diffusait une émission consacrée aux calculateurs prodiges du siècle dernier. Un vieux bonhomme à l'accent ardéchois citait le cas de Jacques Inaudi, né en 1867 dans le Piémont, qui dès l'âge de huit ans résolvait mentalement des questions d'arithmétique très poussées. À treize ans, le garçon fut même examiné par Charcot. Le vieux poursuivit sa leçon d'histoire en parlant d'Henri Mondeux, qui, présenté à l'Académie des Sciences de Paris, trouva, en sept secondes, les deux carrés dont la différence était égale à 133. C'était pas trop barbant à écouter mais le commentateur rendit l'antenne au moment où Gabriel sortait de Paris.

Quatre cents bornes le séparaient du photographe amateur. Ça lui laissait pas mal de temps pour cogiter. Il avait abandonné les délires de fer à cheval et balancé les archanges aux ordures. Pendant douze minutes, ses pensées furent consacrées au Polikarpov, à ses nombreuses pièces manquantes et à la mauvaise foi de Raymond, son mécanicien.

Une demoiselle embraya sur la météo et c'était pas fameux pour les jours à venir. On prévoyait que du gris, ainsi que du brouillard. Gabriel maintenait une vitesse de croisière tout à fait raisonnable, il plafonnait à cent cinquante et la voiture semblait apprécier. La route était dégagée et les rares camions présents sur l'asphalte lui cédaient aimablement le passage.

Une heure plus tard, il avait franchi Orléans. À sa mort, dans les années 50 du siècle quatorze, on aurait découvert que la

Dame des Armoises possédait un tatouage minuscule, à l'intérieur de la cuisse droite. En forme de mandragore.

Il poursuivait sa descente de l'A10 et rien ne l'obligeait à s'arrêter. Il avait prévu la bouteille vide en plastique, au cas où sa vessie ferait des siennes.

La Ferté Saint-Aubin, Salbris, Vierzon et Bourges sur la gauche. De la pluie. Changement de station, hommage à Michèle Torr, ça faisait longtemps. Gabriel se souvenait de tous ces gentils chanteurs qui avaient leur place réservée à *La Chance aux chansons*. Le fameux Panthéon musical spécialement inventé pour eux. La blonde au grand cœur voulait qu'on l'emmène danser ce soir, mais c'était pas possible, Gabriel avait déjà rendez-vous.

Saint-Amand-Montrond et ce fut le passage de frontière, à nous l'Auvergne. À nous le saucisson sauvage et le bon saint-nectaire. Verneix, Montmarault et Riom. On n'était plus très loin et Gabriel avait rempli la moitié de la bouteille.

L'autoroute contournait Clermont-Ferrand et longeait des espèces de falaises en direction d'Issoire. La carte n'indiquait pas le village en question. Il fallait donc ralentir et garder l'œil. Un panneau signalerait forcément Saint-Yvoine dans peu de temps. L'Allier était sur sa gauche, un bras d'eau large d'une vingtaine de mètres, avec pas mal de courant. Une petite montagne s'élevait derrière, avec une ferme, au milieu des cailloux, et de la fumée, au bout de la cheminée.

Gabriel dut donner un méchant coup de patin pour ne pas louper la sortie après le virage. Plutôt vicelard le panneau, criblé d'impacts de balles rugueuses, presque caché, comme placé là exprès pour que les gens continuent tout droit, sur Issoire. La 205 stoppa à un croisement, quelques poids lourds étaient garés près d'un restaurant en brique rouge. La route se rétrécissait immédiatement et Gabriel dut rester en première tant la côte était rude. C'était que des tournants et y'avait pas vraiment la place pour deux voies. Par prudence, il resta bien à droite, mordant de temps en temps la chaussée cabossée. Des vaches mouillées le regardèrent passer au ralenti, Gabriel vit un vieux assis sur un tronc d'arbre, il aperçut les ruines d'un château fort dans le fond du paysage et la pluie cessa. Les nuages allaient vite, beaucoup trop vite. Ça sentait l'orage. La radio se brouilla et puis plus rien. Une pancarte indiquait Sauvagnat sur la droite.

Au sommet, la vue était superbe. Des champs vallonnés et des fermes perdues. Des chemins étriqués et des chiens. Maigres et en liberté. Pas surveillés. Que de la vieille pierre et de très rares antennes télé.

Saint-Yvoine était là. Tout en longueur. Plusieurs granges attenantes et une grosse croix en pierre qui trônait à l'entrée du village. Deux types en casquette montèrent dans une 4L déglinguée. Avec des gueules d'Auvergnats, des visages fermés bourrés de mauvaises rides. Gabriel aperçut un petit bureau de poste et une épicerie fermée. Une ancienne école transformée en entrepôt de matériel agricole et un terrain de tennis presque neuf. C'en était risible et grave à la fois. Quand il aperçut le bout du village, Gabriel sut que l'endroit qu'il cherchait se trouvait tout là-haut. Y'avait pas d'erreur possible. Ça ressemblait à un ancien château rénové, avec au milieu une énorme tour de guet piquée d'un drapeau, armoiries à fleurs de lis. C'était le point culminant, l'endroit le plus élevé du village, presque dans les nuages sombres, juste à côté d'une église, entouré de murs infranchissables. Y'avait pas un rat dans les ruelles et les volets des bâtisses étaient clos. C'était pas qu'une rumeur, les Auvergnats avaient le sens de l'accueil.

Gabriel monta aussi haut qu'il put et gara la Peugeot à côté d'un tracteur dont les pneus étaient crevés. Le château occupait un site défensif remarquable. Un mur d'enceinte l'entourait et, au sommet, des barbelés tendus à des piquets délimitaient la forteresse. L'orage éclata sans prévenir et un chien à trois pattes courut s'abriter dans une grange délabrée. Gabriel ouvrit la portière et déplia ses grandes cannes. Ça craqua deux fois mais la position debout lui fit du bien. À une cinquantaine de mètres, derrière, le rideau d'une fenêtre fut tiré. D'une maison sans histoire, quelqu'un ne voulait rien savoir. Gabriel rangea la bouteille de pisse sous le siège avant et ferma la 205. Un chemin pierreux menait à l'entrée du château, sans doute le même que pour se rendre à l'église. De grosses gouttes de pluie s'abattirent avec fracas.

Il était devant un immense portail peint en noir. Son doigt pointa l'interphone. On pouvait lire sur la plaque en métal, « Domaine de Faydide ». « Trois taupes de sable noires » figurait au-dessous, en lettrage incliné et écrit plus petit. D'où il se tenait, Gabriel ne voyait plus la voiture, ni la place ni les granges, il pouvait seulement admirer le ravin, l'abrupt vertigineux, sur sa gauche, et l'Allier, parallèle à l'autoroute, cinq cents mètres plus bas. Fallait pas avoir peur du vide parce que aucune barrière de sécurité ne délimitait le bord du précipice.

— Que voulez-vous ?

Une voix d'homme mûr, un fond musical dans le lointain. Mozart. Gabriel garda le silence pendant quatre secondes.

— Il faut que je vous parle.

L'homme rit brièvement. La pluie mouillait et ça devenait agaçant.

— Merci de votre visite.

Puis le châtelain coupa la communication. Gabriel regarda ses pieds et sonna encore une fois. Pendant presque dix secondes, ce qui empêcha l'homme de répondre immédiatement.

— ... dre !

— Excusez-moi de vous importuner mais c'est très important, insista Gabriel.

— Je ne vous connais pas...

Il suffit au Poulpe de lever les yeux vers la droite, une petite caméra de surveillance pointait son objectif dans sa direction.

— Je travaille au Club 33.

Il y eut un silence. La pluie redoubla d'intensité.

— Et alors ?

Gabriel parlait donc en personne à M. Yves d'Allègre. À part l'orage, tout cela ne s'annonçait pas trop mal.

— Je ne vous dérangerai pas longtemps...

— C'est que je ne peux pas vous recevoir, monsieur ?

— Barbot... Thierry Barbot, avec un *t* au bout.

Nouveau silence.

— Je désire vous entretenir de votre dernier envoi... Un petit problème est survenu... C'est pourquoi je suis ici... J'ai roulé quatre heures pour vous rencontrer... Croyez-moi, monsieur d'Allègre, c'est dans notre intérêt à tous... Personne ne souhaite l'intervention de la police dans cette sale histoire...

Gabriel s'en voulait de ne pas avoir emporté sa casquette, l'eau ruisselait sur sa nuque. Un grésillement retentit et la porte s'ouvrit automatiquement.

Une vaste cour intérieure parsemée d'arbustes nains. Un chien muet tapi dans sa niche. Genre doberman usé. La tour, visible à l'entrée du village, impressionnante. Vingt mètres plus loin, un deuxième portail se dressait devant Gabriel. Dans l'angle du mur, une autre caméra, un peu plus bas, un interphone identique au premier. Même manège, il sonna et la porte s'ouvrit.

Un jardin en pente et la colline en face, un panorama formidable sur les gorges de l'Allier. Un escalier de pierre menait à la porte principale de la maison mère et une lumière orangée éclairait le perron. Deux lions sculptés surveillaient le passage, il y avait aussi un énorme cerisier au milieu de la terrasse. Dans son dos, Gabriel avait aperçu une seconde maison, imposante et terrible, avec des moulures de visages affreux et douloureux à la base du toit.

Yves d'Allègre l'attendait sur le perron. Environ cinquante ans, visage impassible. L'homme était presque aussi grand que Gabriel. Il portait un costume et des bottes en cuir, ses cheveux étaient gris et sa barbe taillée en pointe. Gabriel salua son hôte et essuya ses pieds sur un paillasson en fer. L'homme lui céda le passage et Gabriel pénétra dans l'antre du photographe.

Un hall, immense et froid, où deux armures du XIVe siècle encadraient un énorme buffet chargé de candélabres.

— Suivez-moi.

Gabriel s'épongea le front et suivit docilement le maître de céans. Ils traversèrent le hall et entrèrent dans un vaste salon. Cheminée en action, lustres et tapisseries. Tapis d'Orient et canapés anglais. L'homme se dirigea vers le meuble hi-fi et mit un bémol à la Messe en ut mineur. Il désigna un siège à Gabriel et lui sourit.

— Vous m'intriguez, monsieur Barbot...

Gabriel posa ses fesses et lui rendit son sourire. Il aurait bien aimé le dérouiller tout de suite, sans préliminaires, histoire de lui faire bouffer la photographie. Mais rien pour l'instant ne laissait supposer que l'homme était seul.

— Alors de quoi s'agit-il ?

— Je vous l'ai dit... De votre dernier envoi.

Un large escalier en bois menait à l'étage. Une pendulette carillonna.

— Vous n'en êtes pas satisfait ?

— Le problème est ailleurs...

Tout en caressant sa barbiche, l'homme s'assit en face de Gabriel.

— « Problème » est peut-être un grand mot...

— Cela dépend de vous.

— Je vous écoute, monsieur Barbot.

Gabriel croisa les jambes. L'ironie tranquille du monsieur l'agaçait.

— Une personne que je ne nommerai pas s'est adressée à nous pour obtenir quelques renseignements... Concernant une femme figurant sur l'une des photographies que vous nous avez envoyées...

— En quoi cela me concerne ?

— Je vais y venir... Cette personne insiste beaucoup... Et nous ne pouvons malheureusement pas la décevoir... Disons qu'il est dans notre intérêt à tous de coopérer afin que cet incident ne dépasse pas le stade de ma visite impromptue.

— Vous avez prononcé le mot « police » tout à l'heure ?

— C'est la raison de ma présence ici. Le renseignement que je suis venu chercher est destiné à un inspecteur des Renseignements généraux.

— Donnez-moi le nom de ce flic... Je pourrai sûrement arranger les choses...

— À Paris, ce n'est pas de cette façon que les choses fonctionnent.

— Ah ?... Et comment les choses fonctionnent à Paris ?

— Nous avons obtenu de cet homme qu'il nous laisse jusqu'à demain soir pour effectuer nous-mêmes les recherches... Pour l'instant, il ne vous connaît pas... Ce n'est pas dans nos habitudes de balancer le nom et l'adresse de nos généreux donateurs...

— C'est très gentil de votre part... Mais pourquoi tant de sollicitude ?

D'Allègre n'était absolument pas inquiet, ça semblait même l'amuser.

— Ce fonctionnaire zélé dispose de moyens radicaux... Il peut fermer le Club 33 du jour au lendemain... Il peut convoquer les journaux et crier sur les toits que M. d'Allègre organise des parties fines dans un château auvergnat... Il fera tout cela sans aucun scrupule et vous traînera dans la merde... Et nous avec.

L'homme haussa les sourcils et releva le couvercle d'une boîte nacrée. Il s'empara d'un cigare et le carra entre ses lèvres.

— Je vois...

Gabriel sortit la photo de sa poche et la tendit au châtelain. L'homme ne bougea pas.

— Posez-la.

Gabriel obéit.

— Encore une fois... C'est dans le souci de nous éviter des complications que la direction m'a prié de venir vous voir.

— Trop aimable... Vous remercierez votre patron pour cet élan de discrétion.

— Il me faut juste une adresse... Un numéro de téléphone à transmettre... Une indication permettant de localiser cette jeune femme.

L'homme se rapprocha et regarda la photographie. Il sourit.

— Vous la reconnaissez ?

— Il me semble, oui...

Il alluma son cigare et souffla les premières volutes vers le plafond. Puis son regard revint vers Christine Vilarp.

— Beau sujet, très gracieux... En effet, je me souviens d'elle.

Gabriel avait les mains jointes. Chacune empêchant l'autre de faire des bêtises.

— Elle habite dans la région ?

— Non. Ces jeunes personnes nous sont envoyées par l'agence.

Le châtelain divulguait ses informations au compte-gouttes et semblait y prendre un grand plaisir.

— Quelle agence ?

— Vous savez que vous auriez fait un tabac dans la police ?

— Je ne souhaite pas m'attarder plus longtemps, monsieur d'Allègre... Donnez-moi l'adresse de cet organisme et je reprends la route...

— Bien sûr...

Puis il éclata de rire. Alors Gabriel comprit que les choses ne se passeraient pas comme il l'avait prévu.

— Je vais vous expliquer... Les soirées que nous organisons au château sont d'un genre très particulier... Elles ont lieu environ une fois par mois et permettent à quelques personnes d'assister durant un week-end à une série d'ébats... Des tableaux vivants si vous préférez... Et chaque participant profite du spectacle à sa convenance... Vous me suivez ?

— Pas vraiment.

— Mais si... Il arrive parfois que des clients se mêlent au groupe... Je ne travaille qu'avec des professionnelles, la qualité des prestations est souvent extraordinaire... Vous-même seriez très étonné de le constater, difficile de rester d'un seul côté de la barrière... N'est-ce pas, chérie ?

Gabriel se retourna. Une femme se tenait debout, au pied de l'escalier. La quarantaine, très jolie, blonde, élancée, poitrine généreuse. Elle était nue et lui souriait.

— Nadège, ma femme...

Gabriel se leva.

— Madame...

— Restez assis, je vous en prie.

Elle traversa la pièce et vint s'asseoir entre les deux hommes. Elle ne croisa pas les jambes.

— Nous-mêmes participons parfois aux rencontres. Je vous assure que cela pimente l'existence.

— C'est vrai, dit sa femme.

Elle n'avait pas quitté Gabriel des yeux. Ses seins lourds avaient du maintien, M. Silicone n'était pas loin. Yves d'Allègre se leva.

— Vous voulez bien baiser ma femme ?

Gabriel, ému, regarda l'homme puis sa femme. Elle lui souriait toujours.

— Le temps que je retrouve l'adresse de cet organisme, j'en ai au moins pour une heure... J'ai une telle paperasse sur mon bureau...

Puis il partit vers le hall, le cigare fumant à la main.

Et puis merde. Il y a comme ça des choses que l'on regretterait de ne pas avoir faites. Une sale amertume par manque d'ambition. Ç'aurait été trop con. Surtout que ça en valait quand même la peine.

Il roulait depuis bientôt trois heures et le trajet touchait à sa fin. Gabriel avait le numéro de téléphone d'un certain Alex. Le fournisseur en femmes dociles. C'était la cinquième chanson de Joe Dassin et ça commençait à chiffrer. « *On ira... où tu voudras quand tu voudras* ». Non, Joe, pas question. On n'irait nulle part avant d'avoir mis la main sur le proxo. Quant à s'aimer encore quand l'amour sera mort, c'était un peu présomptueux, aucun de nous ne pouvait décemment tenir une promesse pareille.

Avant de partir, d'Allègre avait appris à Gabriel que Christine n'était venue qu'une seule fois au château. C'était ni rassurant ni alarmant. C'était seulement pénible. Aux informations, un type avec une voix enrouée avait annoncé un autre tremblement de terre, en Bolivie cette fois, on ne connaissait pas encore le nombre des victimes mais ça dépassait le millier.

La porte de Bercy était complètement embouteillée. Personne ne laissait plus passer personne. Ça sentait la colère. Gabriel aperçut deux hommes sur le quai, deux conducteurs qui étaient descendus de leur voiture respective et qui s'envoyaient des gifles à tour de bras. Tout le monde les regardait, ils faisaient ça en silence, sans cri. Ça sentait le respect aussi.

Gabriel rendit la voiture là où il l'avait louée, c'est-à-dire gare de Lyon. Il repartit à pied et pénétra dans la rue Michel-Chasles. Il passa sous l'arche et emmancha la rue Traversière. Gabriel s'arrêta une minute afin de contempler la vitrine du marchand de poupées anciennes. C'était vraiment pas un magasin pour les enfants tant les visages en porcelaine faisaient peur. Avec leurs petites dents pointues, leurs énormes yeux et leurs têtes disproportionnées. Ça ressemblait plutôt à une galerie de monstres.

Une cloche lui tapa sur l'épaule.

— J'ai faim.

C'était un tout petit homme, en imperméable crasseux, avec du pus plein les yeux. Gabriel fouilla dans sa poche et lui donna toute sa monnaie. Environ sept francs. L'homme prit l'argent et marmonna un inaudible remerciement. Et Gabriel l'abandonna. Lorsqu'il se retourna, quelques mètres plus loin, il vit le clochard, immobile, les bras levés et le visage collé à la vitrine.

Gabriel rattrapa l'avenue Ledru-Rollin et accéléra la cadence. Ici, tout était sec, il n'avait pas l'air d'avoir plu.

Il ouvrit la porte du café-restaurant Au Pied de Porc à la

Sainte-Scolasse. Ambiance humainement orangée et rassurante. Gérard l'aperçut immédiatement et lui désigna sa table. Une dizaine de personnes dînaient dans la salle à manger. Côté bar, le professeur était installé devant une assiette de lentilles fraîches. Gabriel salua Maria occupée à livrer deux assiettes de petit salé. Il retira sa veste et s'assit. Gérard ne tarda pas à le rejoindre, suivi de près par Léon.

— Alors mon p'tit vieux, on est d'sortie ?

Il s'installa en face de Gabriel.

— J'ai soif.

Gérard émit un soupir fatigué et se leva.

— Qu'est-ce que tu veux ?

— Tout sauf du vin.

— T'as mangé ?

— J'ai pas très faim.

— Tu vas manger... Un grand gaillard comme toi ne peut pas louper un repas.

Il partit à la cuisine et tout le monde l'entendit gueuler à Vlad que le Poulpe avait la dalle, qu'il voulait son assiette de petit salé et qu'il était pressé. Gérard fit une escale derrière le comptoir et décapsula deux bières.

Gabriel et le professeur se sourirent. L'érudit ne se laissait jamais distraire pendant le repas. Les salutations furent donc très brèves. Gérard revint avec des Météors. Ils trinquèrent et burent à même la bouteille.

— D'où tu viens comme ça ?

— D'Auvergne.

Gérard faillit s'étrangler.

— Qu'est-ce t'as été foutre là-bas ?

— Visite de routine.

— Bah merde, tu parles d'une balade !... Elle portait pas des jupons ta visite, par hasard ?

— Nan. Elle en portait pas.

Maria arriva vers eux en fredonnant *Tonada de luna llena*. Elle embrassa Gabriel sur la joue et le dévisagea.

— L'a pas bonne mine le môme...

— Faut qu'i mange... Va lui chercher sa gamelle !

Elle tira les moustaches de Gérard qui se mit à hurler.

— Vas-y toi-même, feignasse !

Et Maria partit en courant vers la cuisine. Léon aboya, comme ça, sans raison.

— Elle est cinglée celle-là !

Gabriel souriait. Ici, les moments de cafard duraient jamais bien longtemps.

Gabriel avait gagné la table du professeur. Ils buvaient des cafés en grignotant des gâteaux secs.

— Toutes ces catastrophes s'inscrivent dans la classification brâhmanique... Non seulement les tremblements de terre vont se répéter de plus en plus, mais ils vont également toucher des pays qui jusqu'alors étaient totalement épargnés par ce type de cataclysme.

— Vous êtes sérieux là ?

— J'ai l'air de plaisanter ?

Le prof lui offrait un visage d'une tristesse infinie.

— D'après les écrits du peuple Jaina, nous évoluons dans le cinquième âge, celui de la douleur infinie...

Difficile de contredire cette sinistre vérité. Gabriel ne pouvait que se taire et écouter le savoir du sage.

— Il devrait être suivi par un sixième et dernier âge, de 21 000 ans, à la fin duquel la race humaine subira une formidable mutation...

— Vous croyez vraiment à toutes ces histoires ?

Le professeur haussa les épaules et but une gorgée de café.

— C'est la doctrine Jaina, et on ne peut l'ignorer... Les adeptes de cette secte ont avancé diverses théories cosmologiques extrêmement élaborées et très précises. Dont une grande partie se sont révélées exactes.

Tout cela n'était pas fait pour lui remonter le moral. D'un autre côté, la mutation n'était pas pour demain.

— D'après eux, l'univers est indestructible et perpétuel... Parce que infini... Dans le temps et dans l'espace.

— Eh bah c'est déjà ça... Comment vous les appelez, déjà ?

— Les Jaina.

— Et où est-ce qu'on peut les trouver ?

— En Inde.

— Jamais entendu parler.

Le professeur parut navré.

— Ils ont disparu depuis presque 2 000 ans.

— Ah... Forcément.

C'était pas plus mal. Gabriel trempa un biscuit dans sa tasse.

— Mais la croyance du « Loka » demeure encore.

— Du quoi ?

— Du Loka. C'est leur division de l'univers. Monde des formes, des sensations et de l'immatériel... Le ciel, la terre, l'enfer... La composante des « Sphères » existentielles, toujours au nombre de trois. « Triloka », valeur du trois.

Gabriel vida sa tasse et s'adossa contre le dossier de sa chaise.

— Comme les archanges.

— Ah bon ?

Fier comme un pape, le Poulpe acquiesça.

— Exactement.

19

Il mit un bon quart d'heure pour rejoindre le square du Temple. Il prit Réaumur et remonta Saint-Denis. L'air était frais et sa casquette lui manquait plus que jamais. Beaucoup de gens dans la rue du Bonheur. Beaucoup de solitude aussi.

Le professeur l'avait un peu abattu avec ces conneries indiennes. Parce qu'il s'était encore mis à délirer violemment sur les traités astronomiques et les disciplines de notation sanskrit. Et il s'était mis à parler du lotus, de cette fleur la plus connue de toute l'Asie. Qui à elle seule symbolisait la divinité et l'esprit pur sortant du corps matériel et malsain. Et voilà que c'était justement l'enseigne du Lotus qui clignotait, droit devant, à zéro heure pile. À l'angle du passage de l'Industrie.

Il était fatigué et pourtant, il avait poussé la porte du bistrot. Sans savoir pourquoi. Il avait gagné le comptoir, difficilement à cause des ivrognes qui obstruaient l'entrée. Un gros type replet d'une soixantaine d'années avait pris sa commande. Le brouhaha était strident, y'avait des rires et de violents éclats de voix. Même à cette heure tardive, la plupart des clients buvaient des pastis, sans eau. En guise de digestif. Un Indien en anorak beige poussa la porte du bar. D'un rapide coup d'œil, le vendeur de roses s'aperçut qu'il ne ferait pas d'affaires ici. Le petit gros, sans doute l'oncle de Michel, lui apporta sa bière. Un demi-litre de Bellevue.

— Michel n'est pas là ?

Tonton tendit l'oreille en plissant les paupières.

— Qui ça ?

— Michel.

L'homme le dévisagea, soupçonneux.

— Qui l'demande ?

— Gabriel.

À contrecœur, l'oncle décrocha le combiné du téléphone.

— Je sais pas s'il est encore là...

Il appuya sur une des touches du cadran et alluma une Gitane.

— Michel ?... Y'a quelqu'un qui te d'mande...

Rien à dire concernant la bibine. Agacé, tonton se pencha vers Gabriel.

— Comment vous vous appelez déjà ?

— Gabriel.

— I'dit qu'i s'appelle Gabriel... Ouais... Bon d'accord, d'accord.

Il raccrocha.

— Faut l'attendre... I'descend.

Un gars hurla son prénom, Joseph, et l'oncle repartit vers l'autre bout du comptoir. C'était bizarre parce que ici y'avait pas de chien. Jean-Michel Larqué lui souriait, entouré par Janvion, Lopez et l'un des frères Revelli. Ça, Gabriel s'en souvenait, c'était la grande époque de Saint-Étienne. En 76, les verts avaient gagné ou perdu un championnat très important. Une petite vieille bouscula Gabriel et s'excusa dans une langue inconnue.

Michel apparut dix minutes plus tard. Il portait un bonnet orange enfoncé jusqu'aux lobes. Une veste de survêtement bleue et cintrée, un pantalon de soldat et une paire de tennis noirs aux pieds. Sa tenue de soirée en quelque sorte. Il passa derrière le comptoir et s'approcha de Gabriel, la gueule fendue d'un large sourire.

— Salut ange Gaby... Tu viens m'annoncer une naissance ?

Le gosse avait vraiment le mot pour rire. Minuit, Joseph, manquait plus que les rois mages.

— Je passais à tout hasard...

— Tu fais drôlement bien... Justement, ce soir, j'vois la fille aux bijoux...

Michel désigna la bague chevaline.

— Pour le bouquin j't'e l'ai dit, faudra qu't'attendes encore un peu...

— Pas grave.

Il s'empara de la chope de Gabriel et s'envoya une bonne rasade de bière.

— « *T'as besoin d'ça pour les r'plier la nuit... Pépé* »...

Chanter du Léo Ferré à cette heure avancée de la nuit, c'était pas l'idéal. Surtout *Pépé*, ça respirait pas la joie de vivre. C'était incontestablement la plus belle mais certainement pas la plus gaie. « *On couche toujours avec des morts.* » Vraiment dommage, sans les paroles, ça aurait fait un bon slow.

— T'as quelque chose de prévu, là ?

— Nan.

Michel se dirigea vers la caisse enregistreuse. Il pianota sur deux touches et le tiroir s'ouvrit. Tonton se prit la tête dans les mains et Mimi délesta le magot d'un billet de deux cents. Puis il revint vers Gabriel en dodelinant du bonnet.

— Délire !

Ils marchèrent pendant presque vingt minutes en direction du nord. Vers la gare. Du Nord. Michel eut le temps de lui apprendre que ses parents étaient morts dans un accident de voiture. Quand il avait trois ans. Qu'il avait été élevé par son oncle et sa tante. Chouchouté. Et pour finir, Mimi lui balança la phrase qui tue : « Un père, c'est fait pour être mort et en photographie. » À l'évidence, Dietrich n'était pas loin.

Y'avait rien d'autre à ajouter. Ça devenait comique à force de frôler le tragique. Gabriel préféra se taire, inutile de signaler au même que son parcours était identique au sien. Sauf que ses parents à lui étaient morts lorsqu'il avait cinq ans. Et de toute façon, le hasard ne s'expliquait pas. Le professeur aurait rangé les coïncidences dans le monde de l'immatériel. Loka, numéro trois.

Ils prirent la rue de Maubeuge, longèrent l'hôpital Lariboisière et s'engouffrèrent sous un porche anonyme. À ce moment seulement, ils commencèrent à apercevoir d'autres marcheurs, en groupe ou isolés, qui, dans le plus grand silence, allaient tous dans la même direction. Ils descendirent un escalier et franchirent un muret. Ça leur prit une bonne dizaine de minutes car ça bouchonnait sérieusement. Encore un escalier. Puis ils se retrouvèrent sur une voie ferrée. Il y avait une file d'au moins cent personnes qui serpentait le long des rails vers un trou noir. Pas celui d'un tunnel mais d'une espèce de grotte. Beaucoup de jeunes, vêtus dans le style de Michel. Certains esquissaient déjà quelques pas de danse, la clope au bec et l'extasy dans l'estomac. Michel avait d'ailleurs sorti sa plaquette et gobé une pilule électrique. Gabriel avait gentiment refusé de participer au délire.

Deux énormes brutes surveillaient l'entrée de la boîte improvisée. Blousons rouges, casquettes et Reeboks. Michel et Gabriel durent marcher encore une cinquantaine de mètres, dans le noir le plus total, se laissant guider par les bouts de cigarettes incandescents qui jalonnaient le parcours.

Et puis la fureur. D'un coup. Derrière un mur effondré. Plus de mille petits sauteurs qui gesticulaient dans tous les sens. La musique à plein tube. Des gyrophares et des projections de diapos. Des formes cylindriques, des étoiles et des fleurs. Et de nouveau deux types, hilares et survoltés, qui engrangeaient la monnaie. Michel avait raison, on pouvait le dire et le redire, c'était du délire.

Au niveau du groupe électrogène, les organisateurs devaient être blindés, il fallait un sacré matériel pour inonder en jus toute la machinerie. Les jeunes dansaient à même la terre battue, entre les caillasses et la ferraille. Le temps pour Gabriel de se gratter les yeux et Michel avait disparu, envolé dans la marée humaine. Ça trépignait de partout, c'était impressionnant à vivre. Surtout quand on n'avait pas communié. Il regrettait un peu de pas avoir pris le cachet, ça devait être le seul moyen permettant d'intégrer totalement la transe. Les basses faisaient trembler ses mollets et les aigus lui vrillaient les tympans. C'était pas douloureux, juste inquiétant.

Contrairement à ce que l'on pouvait penser, y'avait pas que des jeunes cons. Mais ce qui est sûr c'est qu'ils se la donnaient, serrés les uns contre les autres, à taper du pied comme des forcenés. Le plus troublant, c'est qu'ils pratiquaient tous l'art du mouvement dans le plus grand sérieux. Ils dansaient avec acharnement, sans s'arrêter, ils s'appliquaient les gaillards. Honnêtement, y'avait quelque chose de profondément religieux dans toute cette farce.

Et Gabriel, personne ne l'avait remarqué. Il était pourtant pas taillé dans le moule, le Poulpe. Il se dirigea vers la gauche, essayant de contourner les points d'affluence. Il avait beau chercher, aucune trace de Michel dans les parages. Gabriel s'approcha d'un buffet improvisé, fit la queue comme tout le monde et finit par obtenir une boisson aromatisée au citron. Infâme. Les jeunes demoiselles portaient des justaucorps très moulants, certaines n'avaient pas quinze ans et ça se voyait vraiment.

Fallait pas être médium pour deviner qu'ici y'avait pas de chaise. C'était pourtant pas l'envie qui lui manquait à Gabriel. S'asseoir. Être assis et attendre. Que Michel vienne le chercher. Parce que maintenant ça commençait à bien faire.

Et puis il est revenu le Mimi, avec son bonnet un peu de travers et les sapes en eau de boudin. Il a pris Gabriel par le bras et l'a emmené avec lui. Ils ont traversé la fournaise et se sont dirigés vers la sono géante.

Cette fois il ne refusa pas. La pilule. Il la prit et la goba derechef. Michel était aux anges. Gabriel attendit sagement mais rien ne se produisit.

— Délire, fit Michel en repartant.

Gabriel le suivit. Ils empruntèrent un passage voûté et aboutirent dans une autre salle, presque aussi vaste que la précédente. Et là, c'était encore plus dingue. Il faisait une chaleur incroyable et y'avait pas de plafond. Un ciel complètement rouge avec trois lunes. La plupart des danseurs étaient torse nu, même les filles. Certaines avaient des branches qui leur sortaient de la tête. Elles avaient des jambes immenses et de tout petits seins pointus. Un liquide jaunâtre gouttait au bout de leurs mamelons et, à l'odeur, ça ressemblait à de la Leffe. C'est seulement quand il vit fondre le visage de Michel que Gabriel se dit que le cachet devait faire son effet. D'ailleurs, c'est aussi à ce moment-là qu'il se rendit compte qu'il trépignait sur place. En respectant la cadence imposée par le morceau musical, il intégrait le cortège ambulant.

— Rebecca va nous rejoindre !

— Hein ?

Michel lui montra la bague.

— Elle arrive !

Bien sûr, elle arrive. Mais Gabriel n'était pas pressé, il avait tout son temps. Pour l'instant il fallait danser, se la donner, à fond. Il commençait à avoir chaud et souriait constamment. Gabriel se sentait très reposé, très positif, enjoué, à la fois calme et bouillonnant. Hyper cool et super relax. Michel n'enviait rien à personne, il n'arrêtait pas de balancer ses bras d'avant en arrière. Une fille lui caressa même les cheveux.

Et la fameuse Rebecca arriva. Elle riait, riait à gorge déployée. Alors Gabriel et Michel rirent aussi. Pendant près de trois minutes. Puis ils s'éloignèrent un peu du vacarme et trouvèrent un endroit un peu plus tranquille dans un renfoncement naturel de la roche.

— Je te présente Gaby.

Tout en continuant de piétiner sur place, Gabriel et Rebecca s'embrassèrent au coin des lèvres.

— Salut.

— Salut.

— C'est chaud ce soir !

— Ouais, c'est l'délire ! Hein, Gaby ?

Gabriel acquiesça.

— Délire.

Il était conscient de ce qu'il disait mais ne pouvait s'empêcher d'être aussi enthousiaste. Rebecca avait une petite trentaine d'années et les cheveux ras lui allaient très bien. Un petit diamant lui trouait la narine.

— T'as l'air en super phase ?

— Ouais, j'suis hyper solide !

Ça voulait tout dire. Elle se serra tout contre Michel.

— C'est cool !

Et les deux zozos se roulèrent un palot de limace. Gabriel en profita pour danser un bon coup. À la fin du roulage de pelle, Michel retira sa bague et la montra à Rebecca.

— Mon copain Gaby voudrait sa jumelle !

— Ah ouais ?

Le Poulpe acquiesça. Rebecca prit le bras de Gabriel et l'entraîna à l'écart.

— On me l'a offerte... Tu le dis pas à Mimi, hein ?

Pauvre Michel, lui qui croyait qu'on refilait jamais un cadeau.

— Non, non... T'as une idée où je pourrais trouver la même ?

— Alors là c'est la galère parce que j'la vois plus du tout cette fille... On est sorties un peu ensemble comme ça... Et puis ça a cassé !

— Ça c'est con.

Gabriel éclata de rire. Ça voulait pas dire qu'il poursuivait pas l'interrogatoire.

— Tu peux toujours passer au Coxe, elle doit encore travailler là-bas !

Bah ça c'était pas du bidon, parce que le Coxe on lui en avait déjà parlé. Le nom de cette boîte à lesbos sortie tout droit de la bouche de l'autre dégénéré de Rudy.

— J'vais t'niquer ta grosse gueule d'enculé !

Késaco. C'était pas des propos à tenir dans un endroit aussi cool.

— Tu m'entends, face de rat !

À environ trois mètres, il y avait un trio en tenue de rappeur qui biberonnait pas du jus de citron. Une soixantaine d'années à eux trois. La fille les regarda, effarée.

— C'est à moi que vous parlez, les amis ?

C'était plus fort que lui, Gabriel leur souriait comme un idiot. D'une démarche saccadée, Mimi rappliqua aussitôt.

— Ouais, c'est à toi qu'on cause parce que t'as rien à branler ici, tu piges ?

— D'où ils sortent ceux-là ?

Michel avait demandé ça à Rebecca. Elle se contenta de glousser bêtement puis, de nouveau, l'embrassa passionnément.

— T'es dur de la feuille, l'asticot !

C'était bien la première fois qu'on traitait Gabriel d'asticot. D'ailleurs il trouvait ça très drôle, très fun. Michel, déventousé, se remit à sautiller sur place.

— Hein, Gaby, qui c'est ces blaireaux ?

D'un air enjoué, Mimi ne se déplaçait plus qu'en saut de puce.

— Qu'est-ce qu'i raconte le gnome ?

Un des rappeurs semblait plus énervé que les autres. Ils posèrent leur bouteille et firent craquer les os de leurs mains.

— File-nous ta veste et tes pompes !

Tout le monde rigola de bon cœur, sauf les rappeurs qui n'appréciaient pas du tout la moquerie.

— Tu te fous de notre gueule en plus, enfoiré !

Alors ils s'approchèrent de Gabriel, décidés à mettre un terme à la conversation. Le meneur reçut la première tarte. Du plat de la main, un coup rude mais sans danger, une gifle muette destinée à repousser l'adversaire. C'était juste un réflexe défensif, sans méchanceté. Les deux arbalètes ramassèrent leur ami et l'éloignèrent du tumulte.

Voilà, c'était terminé.

21

Gabriel ne se souvint pas combien de temps ils restèrent dans cet endroit. Combien de cachets. Mais ce dont il était certain, c'est qu'il faisait jour lorsqu'il s'endormit.

Dans son lit, tout habillé.

22

Le réveil ne fut pas fameux. Courbatures et compagnie. Cheryl lui téléphona dans la soirée et comprit que Gabriel ne serait pas disponible cette nuit. En effet, il ne quitta pas le lit jusqu'au lendemain.

23

À huit heures, le Poulpe était rasé de près, lavé et habillé. L'estomac garni d'une saine nourriture matinale, il quitta sa chambre et sortit de l'hôtel.

Aux commandes d'engins bruyants, de petits hommes verts nettoyaient les rues. Le pavé luisant sentait bon l'ammoniaque et les cacas d'animaux n'avaient pas encore envahi les trottoirs.

Gabriel enquilla Bonne Nouvelle, tourna à droite et descendit de moitié la rue d'Hauteville. Dans ce coin-là, c'était déjà moins propre.

Pedro avait encore changé de local, il s'était établi Cité Paradis, dans un sous-sol sans fenêtre et surchauffé.

Le vieux Catalan ouvrit une porte en fer et soupira bruyamment lorsqu'il aperçut Gabriel.

— Qu'est-ce que tu viens encore me faire chier...

C'était sa manière à lui pour souhaiter la bienvenue aux gens qu'il aimait. L'imprimeur faussaire portait un béret rouge et un bleu de travail. Il referma la lourde et tira les verrous. Il régnait dans la grande pièce un bordel incommensurable. Une petite imprimerie trônait au milieu du capharnaüm, des piles de tracts divers étaient disséminés un peu partout et de grandes armoires tapissaient les murs décrépis. Lit de camp défoncé, gazinière et frigo occupaient un angle mort de la pièce.

— J'vois qu't'as fait le ménage...

— Garde tes vannes, salopard... Ça a jamais été aussi bien rangé.

Gabriel partit s'asseoir sur une chaise percée et Pedro mit en marche la cafetière. Il ralluma un cigarillo et sortit des bols d'un placard.

— Alors qu'est-ce qui t'amène ?

— J'ai un petit service à te demander...

— Bah voyons... J'commence à en avoir plein l'cul de tes petits trafics !

Ça voulait dire qu'il était très content que Gabriel s'adresse à lui. Pedro s'empara d'un tabouret et vint s'asseoir en face de Gabriel.

— Tu pourrais pas trouver un travail convenable, comme tout le monde ?

Gabriel lui souriait. Commencer la semaine par un entretien pedrosien vous vaccinait pour la journée. Et les petits tracas de la vie quotidienne glissaient sur vous comme de la morve sur un carreau de voiture.

— T'aurais pas maigri, amigo ?

Pedro bomba le torse et toussa. Il regarda sa bedaine d'un air satisfait.

— Ça se voit tant qu'ça ?

Gabriel acquiesça.

— Ouais... Même que ça se sent.

Pedro lui sourit.

Ça voulait dire qu'il était plié en deux. Mort de rire l'espingouin. Pedro alla chercher le café et versa le nectar dans les bols. Il ramena le tout sur un plateau.

— Bon alors accouche... Qu'est-ce tu veux ?

Gabriel retira sa veste et prit un sucre. Il le lâcha dans son bol et remua le tout.

— Il te reste des photos de moi ?

— Allons bon... Tu m'emmerdes à la fin, les fausses cartes, c'est ce qu'il y a de plus long !

— Je sais mais j'en ai vraiment besoin.

Pedro haussa les épaules et but une gorgée de café. Il avait rien de l'ami Ricoré.

— Je dirais que c'est même assez urgent.

— Tu veux pas que j'm'y mette tout de suite pendant que t'y es ?

— J'osais pas te l'demander...

— Ah de Dieu de merde !... Tu crois que j'ai que ça à foutre ?... Tu commences à m'courir avec tes combines !

Parfait, ça voulait dire que c'était O.K.

— Il me faudrait une carte de presse et une autre de la maison poulagat.

— Ce sera tout ?

— Pour l'instant.

— Va encore falloir que je trouve des noms...

Gabriel sortit un papier de sa poche et le tendit à Pedro.

— Pour changer, je les ai choisis moi-même...

— Faut pas t'emmerder... Dis tout de suite que j'ai pas d'imagination...

Pedro déplia la feuille et lut à haute voix.

— Jacques Vergeat... Dis, muchacho, tu pousses pas un peu, là ?

Gabriel lui avait parlé de cet inspecteur des Renseignements généraux, au bord de la retraite, qui pistait Gabriel depuis des années. Sans succès.

— Luc Dietrich... Qui c'est ça ?

— Un ami.

— Bah tu vas pas lui faire de cadeau en inscrivant son nom sur une carte de presse.

— Il est mort.

— Ah. Y'a longtemps ?

— Une petite soixantaine.

— De jours ?

— Nan. D'années.

Pedro sembla rassuré.

— Alors ça va.

Il replia la feuille et la fourra dans sa poche déjà bien pleine.

— T'as écouté la radio ?

Gabriel fit non de la tête.

— Cette nuit, ça a bougé du côté de la Californie... Un putain de cyclone qu'a longé la côte du Pacifique... Y'aurait du dégât à c'qui paraît...

— M'étonne pas... C'était prévu.

— Bah non, justement... Les spécialistes pensaient qu'il s'approcherait pas des terres.

— Le peuple Jaina l'avait prédit.

— Qui ça ?

— N'oublie pas qu'on est dans le cinquième âge, celui de la douleur.

Pedro se figea, comme un épagneul à l'arrêt.

— Qu'est-ce que c'est que ces salades ?

— Et ce qui se passe là, c'est rien... Le pire est à craindre dans quelques années... Quand on entrera dans le sixième âge...

— T'as bu ?

— Parce que là, y'aura des mutations... Et toi, quand ça arrivera, tu peux être sûr de te transformer en paella.

Le vieux était abasourdi. Totalement anéanti.

— Si c'est pas malheureux d'entendre des conneries pareilles dès le matin...

Gabriel vida son bol et enfila sa veste.

— Allez, faut qu'j'me sauve... C'est qu'j'ai du boulot, moi !

Gabriel se leva.

— J'repasserai à l'heure du thé... J'espère que t'auras mis un peu d'ordre dans la chambrée.

Pedro lui montra le majeur de chacune de ses mains. Ça les fit rire tous les deux. Pour un retraité, c'était pas des gestes ordinaires.

— P'tit con, lança Pedro.

— Moi aussi, répondit Gabriel.

24

Il passa la matinée au téléphone. M. Alex n'était jamais là. Pour personne.

Sur le coup des deux heures, il eut tout de même autre chose qu'une messagerie vocale. Enfin une voix, une vraie, enfin Alex. Mais pas un monsieur, une madame. Qui répondait bien au diminutif d'Alexis. Cordiale et tout et tout. De l'éducation et de la prestance. Un rendez-vous pour le lendemain, rue François-Ier, la grande classe.

Gabriel retira ses chaussures et s'allongea sur son lit. Il ouvrit au hasard *Le Livre des rêves*, à la recherche d'une pensée positive. « *Itinéraire du grand grand voyage* » faisait deux pages. Le héros était couché sur la terre, les yeux fermés. Il regardait à l'intérieur de son propre corps.

À la fin, Dietrich parlait de Dieu. C'était pas vraiment triste, juste pathétique. Ça lui rappela une autre phrase, en forme d'intrigue, un message à triple tiroir. « *Dans une famille il y a quatre personnes, le père, la mère, le petit et le mort.* »

Et qui était le mort ? Un fantôme, une ombre, une entité. Un petit être invisible. Un ange. Mais les anges étaient immortels. Ce qui compliquait l'affaire c'était le « le » du « mort ». S'il avait mis « la » on aurait tout compris. Il y avait donc autre chose. Une idée subtile et secrète. Toute son œuvre se résumait peut-être dans cette phrase. Gabriel demanderait à Mimi. Le môme avait bien une petite idée sur ce mystère linguistique. Peut-être même qu'il avait la solution.

Gabriel se réveilla vers dix-sept heures. Il avait rêvé de Cheryl et de la femme d'Yves d'Allègre. Le trio se trouvait sur une plage et il pleuvait. Les deux femmes faisaient l'amour entre elles et Gabriel prenait des photos avec un très vieil appareil, un genre de Folding. Par moments, il se rapprochait des corps et les caressait. Surtout la poitrine et le sexe. Les filles riaient et l'invitaient à participer, mais, étonnement, Gabriel se refusait à chacune de leurs tentatives. Alors elles continuaient de se donner du plaisir avec la langue. Elles devenaient de plus en plus audacieuses dans leurs ébats. Déchaînées. Gabriel avait beaucoup de mal à se contenir, il ne restait jamais bien longtemps à côté d'elles. Dès qu'il se sentait défaillir, il reculait vivement et reprenait son appareil. La pluie cessa et le soleil apparut, une lumière éclatante inonda les femmes allongées sur le sable. Elles calmèrent peu à peu leurs étreintes et la tension diminua. Il y avait quelque chose de changé, une modification qui intriguait Gabriel. Les corps n'étaient plus tout à fait identiques aux précédents, les seins, la chevelure, les fesses, il y avait eu métamorphose. Gabriel se rapprocha des inconnues et les sépara. Elles protestèrent mais obéirent. Alors il découvrit leur visage, des figures qui ne lui étaient pas étrangères. Christine Vilarp et Muriel Côte le dévisageaient. Avec des yeux totalement blancs, sans iris ni pupilles.

Il mit un bon quart d'heure pour se débarrasser de ce cauchemar. Il tenta de déchiffrer les images et essaya d'analyser son comportement, puis il abandonna. C'était pas son truc.

Pedro avait fait du bon boulot. Sa carte de presse et celle de flic étaient irréprochables. Sur chacune des photos il souriait. Le vieux Catalan l'avait engueulé, lui disant qu'il avait passé trois heures à peaufiner les faux. Que c'était terminé de le faire travailler à cette cadence, qu'il était pas à sa botte et tout le tralala. Le chanteur du groupe « Il était une fois » avait encore rêvé d'elle. Ils avaient bu un café, s'étaient copieusement injuriés et Gabriel avait pris le large sur le coup de sept heures.

Il était repassé à son hôtel, sans raison véritable. Et au moment où il refermait la porte, le téléphone s'était mis à sonner. Il savait qui c'était puisque, à part Cheryl, il n'avait donné son numéro qu'à une seule personne. Il se précipita vers le combiné et décrocha.

— Como esta, Rinaldo ?

— Parle portugais si tu veux que je comprenne...

— C'est si différent de l'espagnol ?

— C'est pas le même monde... On peut pas comparer un taureau avec une vache.

Dans certains pays on considérait la vache comme un animal sacré. Comme Rinaldo ne l'appelait pas pour disserter sur les conflits frontaliers de la péninsule Ibérique, Gabriel prit un papier et un crayon.

— Je sais pas ce que ça vaut mais j'ai posé quelques questions... Concernant le motif que tu m'as montré...

— Et alors ?

— On m'a répondu... On m'a dit comme ça que c'était un fer à cheval...

— On t'a pas menti, jusqu'à là ça colle.

— Attends la suite... Hormis son côté porte-bonheur, on m'a aussi dit que le fer à cheval servait parfois de signe de reconnaissance... Pour les femmes exclusivement... Afin qu'elles puissent se comprendre entre elles... Tu vois ce que je veux dire ?

— Un peu comme les chauves à moustache ?

— Et en débardeur... T'as tout compris.

— Pour l'instant c'est pas trop compliqué.

— Y'a autre chose... Le plus souvent, l'insigne se porte sur un tee-shirt, une casquette ou un bijou. Mais quand il fait office de tatouage sur le corps d'une fille, ça signifie que ladite personne appartient définitivement à une autre... C'est assez clair ?

— Aussi clair qu'une Jupiler.

C'était une des bières du matin que Gabriel préférait. Wallonne, légère et douce, elle se buvait glacée, pour nettoyer l'œsophage. C'était presque un médicament.

— C'est tout ce qu'on a bien voulu me dire.

— C'est déjà pas mal.

Remerciements sans effusion et au revoir. Gabriel raccrocha et gratta sa tignasse avec un son de guitare. Sur le papier, il avait griffonné un nom, de quatre lettres, sans s'en rendre compte. Le nom d'une boîte de nuit.

26

Il arriva au salon à vingt heures dix. Cheryl terminait de coiffer une cliente qui ressemblait étrangement à Virginia Woolf. Un visage en profil de couteau, avec des lèvres très charnues et les yeux bien au fond des orbites. Les deux stagiaires en formation le saluèrent et mirent leur manteau. Véronique Sanson en chantait une, elle arrêtait pas de répéter qu'elle n'avait besoin de personne. Cheryl aperçut Gabriel et lui indiqua le premier. À voir sa tête, elle avait pas l'air de bonne humeur.

Gabriel referma la porte de l'appartement et se dirigea vers la chambre. Il fallait prendre les devants. Y'avait pas trente-six manières de s'excuser. Il savait pas de quoi mais le visage qui l'avait fixé en bas sentait gravement l'amertume. Conclusion, on agit et on parle après.

La furie déboula treize minutes plus tard. Elle hurlait après Gabriel et finit par le retrouver dans la chambre.

— Tu peux me dire ce que t'as foutu pendant deux jours, espèce de sale connard !

Ça c'était parlé.

— Connard peut-être, mais pas sale.

Il ouvrit le drap et, d'un mouvement de tête, l'invita à le rejoindre. Cheryl balança ses chaussures sur Gabriel, elle fit glisser sa jupe et ôta son collant, retira son pull et son soutien-gorge noir. Ça ne dura pas plus de dix secondes.

— Tu vas m'le payer !

— Évidemment.

Elle arracha sa culotte mais la garda fermement dans sa main droite.

— Je vais te la faire bouffer !

— Si j'peux m'permettre, j'préférerais manger ce qu'il y avait à l'intérieur...

— Ta gueule !

Elle sauta sur le lit et lui envoya de grands coups de pied dans les jambes.

— Méchante femme...

— Fumier !

Gabriel éclata de rire et la renversa sur le côté. Il n'eut aucun mal à l'immobiliser et le chahut prit fin. Ils avaient chaud et le feu n'était pas près de s'éteindre. Ils restèrent silencieux pendant un petit moment, collés l'un sur l'autre. Alors Cheryl le regarda fixement sans sourire.

— Baise-moi, lui dit-elle.

— J'y compte bien, répondit Gabriel.

Et la machinerie se mit en branle.

27

Tout cela se déciderait le moment venu. Dans la poche droite il avait sa carte de flic et dans la gauche celle de journaliste. Il ne savait absolument pas s'il pourrait entrer en tant que simple client.

Il était minuit moins le quart et la rue Saint-Sauveur donnait directement sur la rue Saint-Denis. On marchait sur vingt mètres et on tournait à droite. La rue du Jour, à sens unique, semblait peu fréquentée et assez calme. Il changea de trottoir et aperçut l'enseigne discrète du club.

Gabriel se mêla au groupe en attente et descendit les marches qui menaient à la porte d'entrée. Les ding-dong à répétition s'enchaînaient. On laissait passer les gens par petits paquets réguliers et personne ne protestait sur la lenteur des manœuvres. La plupart des clientes étaient des habituées, elles plaisantaient avec le portier, prenaient des nouvelles, s'embrassaient, riaient. Les hommes étaient rares. Gabriel prit place derrière un couple de lesbiennes et engagea la conversation. Sur un ton amical, ils échangèrent quelques banalités et progressèrent ainsi jusqu'à la porte. Le portier était en fait une portière, un Michel Simon au féminin, rasée de près et vêtue comme un cheminot. Le colosse de femme était aussi grand que Gabriel, avec des pognes énormes et un pneu de chair autour du bassin. Un nez de boxeur et les oreilles en choux-fleurs. L'être hybride dévisagea Gabriel avec insistance. Il se contenta de lui sourire, sans rompre le contact avec ses nouvelles interlocutrices. Elle dut hésiter un instant, ce fut bref mais Gabriel sentit le doute s'installer dans l'esprit du molosse, alors il posa naturellement la main sur l'épaule de sa voisine. Et le malaise disparut. Il entra.

Il descendit quelques marches et se retrouva dans un petit hall. La musique battait son plein. Un tube anglo-saxon de l'été dernier. Ignorant le guichet, il suivit le groupe et gagna un autre escalier. Il croisa une serveuse très musclée, sans doute adepte du body-building, dont le reste de poitrine était protégé par deux carrés d'étoffe jaune. C'était un peu effrayant, elle n'avait plus de fesses, ses cuisses étaient atrophiées, comme ses mollets. Sa peau bronzée et huilée était fine, aussi fragile que du papier calque. On apercevait les grosses veines sombres en transparence et c'était pas appétissant. Elle portait une casquette sur laquelle son prénom était inscrit. Mireille, en lettres dorées. Impossible de lui donner un âge, ça pouvait être vingt-cinq autant que quarante. Un joli visage se retourna vers Gabriel en souriant.

— On s'est pas déjà vus ?

— C'est justement ce que je me demandais...

— Vous n'êtes pas un ami du grand Sam ?

— Ce grand con ?

La fille rigola. Une denture éclatante et une haleine parfumée qui sentait la pomme.

— C'est vrai qu'il est con !

— Ouais, c'est rien de le dire.

Elle avait l'air d'être en ménage avec une autre fille plus tassée qui menait la marche. Ils descendirent un second escalier. Gabriel aurait pu lui parler de Pamella, du meurtre de Tony, de son frère jumeau qui apparaîtrait dans le dernier épisode. Mais à quoi bon.

— Vous étiez pas danseur au Scrum ?

— Si, ça m'est arrivé... Mais c'était y'a longtemps.

— Eh bah alors c'est là qu'on s'est vus !

— Sans doute.

La copine jeta un œil torve sur Gabriel et entraîna son amie vers l'avant. Arrivé au pied des marches, il découvrit une salle surpeuplée, à 80 % remplie de femmes aux cheveux courts. Quelques garçons disséminés parmi les différents groupes d'amazones et une multitude de créatures inclassables. Il y avait plusieurs pistes de danse et deux comptoirs, en arrondi, en forme de U. À vue de nez, la pièce contenait au moins deux cents personnes. Gabriel contourna la foule et traversa le Coxe à la recherche d'un endroit tranquille où il pourrait poser sa carcasse. Il croisa encore une haltérophile à casquette dont les bras étaient aussi musculeux que les siens.

Gabriel trouva un tabouret disponible près du comptoir numéro un. Il prit place et déboutonna sa veste. D'après des panneaux clignotants, deux couloirs menaient à des salons adjacents à la salle principale. D'où les gens allaient et venaient librement, souvent en couple. Certaines femmes avaient dépassé l'âge de la ménopause, il crut reconnaître des visages familiers, vus à la télé, des chanteuses ou des journalistes, il ne savait pas très bien.

Une femme en combinaison d'astronaute lui demanda ce qu'il voulait boire. Gabriel commanda une bière à la tequila. À sa droite, deux filles discutaient en anglais. Elles parlaient vite et s'embrassaient toutes les dix secondes, ça semblait leur servir de ponctuation verbale. L'employée de la Nasa lui apporta sa boisson et réclama au Poulpe cent francs tout rond. Ça faisait cher le jus de pisse. Pour cent balles, d'ordinaire, il pouvait se payer quatre packs de Duvel. Un groupe de nanas en robe de soirée se mit à chanter. Elles en avaient un bon coup dans le cortex vu que l'équilibre commençait à leur faire défaut.

Gabriel trempa prudemment ses lèvres dans le breuvage mexicain. C'était trop sucré mais pas aussi infect qu'on aurait pu le croire. Il faisait une chaleur incroyable. Il commençait à dauber sérieusement vu qu'il s'était pas lavé après la séance de sport cherylienne. La sueur perlait sur son front, il transpirait même des paupières. Ça ne semblait pas repousser l'homme qui depuis cinq minutes le matait avec insistance. Un type plutôt petit, avec un crâne très arrondi et dégarni sur le dessus. Encore un visage qui ne lui était pas inconnu. Costume sobre et polo lumineux, il sirotait tranquillement un cocktail à l'autre bout du comptoir. Le Poulpe vida sa bière, il devait créer le contact.

Alors Gabriel fit ce qu'il fallait faire dans ces cas-là. Il sourit à son prétendant. L'homme laissa macérer une bonne minute puis se dirigea vers Gabriel. Il rencontra quelques connaissances au passage mais ne s'attarda pas. Par chance, un tabouret se libéra à la droite de Gabriel et l'homme prit naturellement place à ses côtés. Ils n'échangèrent aucun regard avant que le dragueur ne se mette au travail.

— Je peux vous offrir un verre ?

Le type avait une petite voix mielleuse mais supportable.

— Pourquoi pas.

L'homme héla aimablement la serveuse et désigna le verre vide de Gabriel.

— Qu'est-ce que vous prenez ?

— La même chose.

L'astronaute se pencha vers le vieux beau et l'homme passa la commande. Gabriel avait vu ce type à la télé, il en était certain.

— Vous avez chaud, on dirait...

— Ça se sent tant que ça ?

L'homme parut légèrement gêné.

— Ce n'est pas ce que je voulais dire...

Gabriel savait bien qu'il puait comme un bouc. Par ailleurs son haleine ne devait pas être terrible. La mouille pénètre les muqueuses et reste longtemps en bouche. Comme la Pin Couk, cette bière âpre du soir, tenace mais savoureuse.

— Le nez est érectile, vous savez ?

— Ah oui ?

— L'odorat est un facteur de séduction très important. Pour certaines personnes, il représente le principal moteur d'attraction... Inconsciemment, bien sûr... Des tas d'expériences le prouvent. Ce sont évidemment les hommes qui y sont le plus sensibles.

— Évidemment.

La femme déposa les boissons et se retira sans réclamer d'argent.

— Je m'appelle Pierre...

Il tendit sa main vers Gabriel.

— Luc.

Gabriel tendit la sienne. C'était tout ce qu'il y avait de plus cordial.

— Vous savez que c'est un prénom de plus en plus rare ?

— Non, je ne le savais pas.

— J'aime beaucoup les prénoms bibliques... Je suis très croyant et lorsque deux apôtres se rencontrent, je considère cela comme un signe...

Gabriel était un archange, pas un apôtre. Il était pratiquement sûr d'avoir vu ce type dans une émission de variétés. Il était pas chanteur, plutôt imitateur ou animateur de jeux. Un comique, dans tous les cas.

— Vous êtes croyant ?

— Je ne sais pas.

— Moi, je suis très croyant.

— Ah ?

— Oui. Je crois à la destinée. Vous avez lu les livres de Pio Sû ?

— Non.

Gabriel commençait à canaliser la température de son corps. Il ne transpirait plus mais ses aisselles le démangeaient. Un nouveau morceau musical inonda la piste et un léger mouvement de foule s'opéra.

— Vous n'êtes pas très bavard...

— C'est un reproche, Pierre ?

— Non, pas du tout... Au contraire, j'aime les gens discrets... De plus, je vous trouve très mystérieux...

Gabriel ne le quittait pas des yeux. Il userait de son charme naturel. Il allait le travailler en douceur. Maintenant que le joyeux était ferré, y'avait plus qu'à l'emmener doucement dans la bonne direction.

— C'est la première fois que je vous vois ici...

— C'est la première fois que je viens.

Le Pierre attendait que Gabriel poursuive la confession. Il était fin prêt à gober tout ce qui lui sortirait de la bouche.

— Je suis à Paris seulement pour quelques jours... J'habite Lyon.

— J'aime beaucoup cette ville.

— Oui, c'est un bel endroit.

Un jeune homme d'une trentaine d'années se précipita vers Pierre et l'embrassa sur les deux joues.

— Je t'ai vu hier, t'étais super !

Pierre acquiesça, heureux du compliment. Et le garçon disparut, sans un regard vers Gabriel.

— À qui appartient cette boîte ?

— Le Coxe ?

Gabriel opina et but une gorgée de bière.

— Une amie... Pourquoi ?

— J'aimerais la rencontrer.

Alors ce fut au tour de Pierre de boire. Il était pourtant clair qu'il n'avait pas soif.

— Vous êtes venu de Lyon pour ça ?

Le Pierrot n'était pas dans la lune. Il avait les pieds bien ancrés dans la terre ferme. Son ton avait changé, il était toujours aimable mais il parlait plus lentement. L'homme devenait prudent et c'était bien naturel.

— Disons que je viens aussi pour ça.

— Vous êtes un garçon très étrange, mon cher Luc.

— Je suis journaliste.

— Ah oui ?

— C'est une de mes occupations.

— Intéressant... Et dans quel journal travaillez-vous ?

— Je viens de créer, avec quelques amis, un petit magazine d'actualité... Essentiellement concentré autour de la communauté gay de la région Rhône-Alpes...

— Passionnant... Il y a beaucoup d'homosexuels en Savoie ?

— Beaucoup plus qu'on ne le croit. Mais le record se trouve en Isère.

— Je suis heureux de l'apprendre.

Ils burent en même temps.

— Pour le prochain numéro, nous préparons une enquête consacrée aux différents lieux parisiens susceptibles d'accueillir tous nos amis.

— Vous savez, ici, c'est une boîte de lesbiennes...

— J'avais remarqué.

— Les hommes la fréquentent un peu parce qu'ils y connaissent du monde... Et puis on y est plus tranquille...

— Vous pourriez me présenter à la propriétaire ?

— Tenace le garçon...

— Très travailleur.

Il avait pesé ses mots.

— C'est tout à votre honneur... Aurais-je affaire à un besogneux ?

— En quelque sorte.

Ray Ventura signala que la banane était un fruit excellent parce qu'i y'avait pas d'os dedans. Toutes les filles se mirent à hurler et Dario Moreno prit le relais. Si on allait à Rio, fallait pas oublier de monter là-haut.

— Je crois que je vous ai vu à la télé...

Pierre termina son cocktail et alluma une cigarette turque.

— Ah oui ?

Gabriel lui sourit.

— Vous n'êtes pas passé à l'émission de Drucker ?

— Pas dernièrement.

L'homme jouait les coquets, il était flatté et c'était tout bénéf.

— Venez...

Pierre descendit de son tabouret et fit signe à Gabriel de le suivre. Ils se frayèrent un chemin jusqu'au petit passage voûté. De longs néons bleutés éclairaient le tunnel et des photographies érotiques ornaient les murs. En noir et blanc, des corps de femmes en action dont on ne distinguait pas le visage.

La pièce rectangulaire était sombre et envahie de fumées diverses. Des tables basses disséminées un peu partout et encadrées de garçonnes faméliques. Une musique différente, plus calme et instrumentale. Ils traversèrent le petit salon et obliquèrent sur la droite. Pierre ne s'était même pas retourné pour vérifier si Gabriel le suivait toujours. Mais le Poulpe ne le lâchait pas d'une semelle, il lui collait au cul sans fléchir, il n'aurait eu qu'à tendre le bras pour saisir l'épaule de son guide. Pour lui broyer le trapèze, entre le pouce et l'index.

28

Le réveil ne fut pas trop douloureux. Il y a comme ça des matins où, quoi que vous ayez fait durant la nuit, l'on se sent un homme libre et heureux de vivre. Des matins où vous êtes certain de ne pas être un numéro, des matins lents, paisibles et conciliants.

Gabriel sortit du lit et gagna les toilettes. Il y resta exactement douze minutes. Ensuite il se dirigea vers la salle de bains. Il prit place dans la cabine de douche et ouvrit le robinet. Le jet d'eau glacé l'atteignit d'abord à la nuque. Sa respiration s'accéléra et il poussa un petit cri de dinde. Puis le liquide se répandit sur ses bras, son torse et ses jambes. Il se savonna et lava plus particulièrement les zones à risques, testicules et trou de balle.

Il se sécha, se rasa et se brossa les dents. Il commanda un copieux petit déjeuner et s'habilla. Gabriel mit une chemise blanche et une cravate noire, un costume trois pièces à fines rayures grises et une paire de mocassins vernis. Il coiffa ses cheveux et se parfuma.

Allongé sur son lit, il faisait le point sur cette fin de soirée. Il eut une pensée émue pour le pauvre Pierre, bredouille et solitaire. Pour ce pauvre type, miniature du show-biz, abandonné des siens et destiné à disparaître des petits écrans au moindre coup de vent médiatique. Audimat oblige. L'homme l'avait gentiment présenté à la dame brune installée seule derrière une robuste table Louis XIII. Le Pierre lui avait demandé de recevoir Gabriel quelques minutes afin de répondre aux modestes questions d'un apprenti journaliste prénommé Luc. Elle avait accepté sans rechigner cette rencontre avec l'inconnu qu'elle désigna aussitôt comme l'un des nombreux partisans de l'ère homosexuelle. Le Pierre s'en était retourné, fier et impatient de réclamer son remerciement. Gabriel avait observé le visage de cette femme, une tête assez banale, avec déjà pas mal de rides, un nez pas très droit et pas très fin, des lèvres usées et d'épaisses arcades sourcilières protégeant de petits yeux clairs. Ils s'étaient dévisagés et Gabriel avait posé ses premières questions. Il s'était assuré que la personne en face de lui était bien la propriétaire et, de son côté, la femme avait jeté un regard furtif sur la carte de presse de M. Dietrich. Vérifications faites, le jeu des questions-réponses avait débuté.

— Depuis combien de temps le Coxe existe-t-il ?

— Trois ans.

— C'est peu.

— Peu par rapport à quoi ?

Elle maîtrisait parfaitement son débit verbal et parlait d'une voix posée.

— Je veux dire par là que c'est assez récent...

Elle fit un geste vague de la main tout en lui souriant.

— Qui a eu l'idée de ce nom, Coxe ?

— C'est moi.

— Ça vous est venu comment ?

— À Montréal, une boîte de nuit homo porte le même.

— C'est donc pas une idée originale ?

— Non.

— Coxe, c'est aussi le nom d'un écrivain australien, sans le *e* à la fin... Erle Cox.

— Ah oui ?

— Un auteur assez secret, avec un visage un peu comme le vôtre... N'y voyez rien d'offensant mais la ressemblance est assez troublante...

Il y a de ça quelques mois, Gabriel était tombé sur l'un de ses livres, par hasard, dans une brocante de banlieue, *The missing Angel*. Inutile de signaler ce que cela donnait en français.

Il y avait eu un silence. De mots seulement, parce que la musique, elle, ne s'arrêtait jamais.

— Ça coûte cher d'ouvrir une boîte comme celle-là ?

La femme était forcément déconcertée par ce type de questions primitives mais elle camouflait assez finement ses impressions.

— C'est un investissement assez lourd, en effet.

— Vous avez une fourchette de prix à me donner ?

— Tous ces renseignements seront utiles pour votre article ?

— Non, je ne crois pas.

— Alors ne perdons pas de temps...

— Vous avez raison.

— Comment s'appelle votre magazine ?

— *Le Magazine*.

— Amusant.

— L'idée n'est pas de moi.

— Alors nous sommes à égalité.

Elle avait allumé une cigarette et s'était penchée vers Gabriel. La transparence de son tee-shirt laissait apparaître les contours et les reliefs de sa poitrine dont un des seins semblait plus gros que l'autre. Elle portait au bout d'une chaîne argentée un petit médaillon dont la face cachée avait intrigué Gabriel.

— Que pouvez-vous me dire sur la communauté lesbienne qui fréquente votre établissement ?

— Je ne comprends pas très bien votre question...

— Vous, par exemple, vous êtes homosexuelle ?

La femme avait éclaté de rire, un rire tout à fait franc et spontané.

— Et toi, tu préfères sucer des queues ou te faire enfiler ?

Gabriel s'était réellement posé la question. Et s'il avait été homosexuel, sa réponse n'aurait pas été différente.

— J'aime bien les deux. Difficile de choisir entre son père et sa mère.

Nouveau silence. Personne n'avait flanché et l'ambiance semblait même s'être détendue.

— Avez-vous remarqué des clans ?

Elle avait plissé les paupières et amorcé un retrait, s'adossant bien au fond de son fauteuil.

— J'ai vraiment beaucoup de mal à vous suivre, monsieur Dietrich... Évitez de parler par énigmes, vous voulez bien ?

— Je vais essayer.

— Bien.

— Y a-t-il, à votre connaissance, des groupes de femmes bien distincts qui... comment dire... useraient de leur influence sur d'autres femmes ?

— C'est une question bien étrange...

— Oui, je trouve aussi.

— Précisez...

— Le fer à cheval, ça vous inspire quelque chose ?

— Je pense à la chance, monsieur Derlich...

— Dietrich.

— Pardon... Dietrich.

— Et les tatouages de fer à cheval ?

Elle avait attendu sagement la suite. Mais Gabriel s'était tu. Dans l'espoir de la voir défaillir, perdre un bas ou paumer une dent. Ou bien la dame était très douée, ou bien elle n'était absolument pour rien dans toute cette putain d'histoire.

— Oui ?

— Ça vous inspire, les tatouages ?

— Pas plus que le reste...

— Ça va vous paraître idiot mais... J'aimerais voir votre médaillon...

— Je crois de moins en moins à votre histoire de magazine lyonnais.

— Je sais.

— Alors j'ai l'impression que nous n'avons plus rien à nous dire...

— C'est dommage parce que j'avais enco...

— Au revoir, monsieur fouille-merde.

— Bon bah...

Gabriel s'était levé. Il avait tendu sa main vers la femme. Et elle n'avait pas bougé, même pas d'un cil. Alors Gabriel s'était dirigé vers la porte. Et, à la Colombo, il s'était brusquement arrêté et avait porté la main à son front.

— Juste une question encore... Christine Vilarp et Muriel Côte, vous les connaissiez ?

— Ça ne me dit rien.

Un véritable mur cette bonne femme. Il avait volontairement parlé des deux filles au passé, juste pour voir. Et il n'avait rien vu du tout.

— Je repasserai...

— Je ne vous le conseille pas.

Ils s'étaient tous les deux souri. Gabriel avait acquiescé et s'en était retourné. Il avait senti dans son dos le regard chargé d'émotions contenues. Il y avait de tout, de la haine, de la colère et pas mal de points d'interrogation. Mais il manquait une chose importante, la chose principale, celle que Gabriel avait désespérément guettée sur le visage de cette femme. Cette chose que l'on appelle la peur.

29

« *Le jardinier ratisse son jardin. Point.* »

Là encore, y'avait pas grand-chose à expliquer. Y'avait comme ça des points de vue qu'il était impossible de combattre. Petite logique à la Wittgenstein.

Gabriel se trouvait dans le bus 42. Sapé comme un ministre, il avait une petite mallette posée sur les genoux. Le boulevard de la Madeleine resplendissait. Marchand de fleurs et femmes en jupe, de jolis bouquets. Pas forcément garnis.

La place de la Concorde circulait sans encombre. Un aveugle se hissa dans le car et s'installa en face de Gabriel. C'était un jeune homme d'une trentaine d'années. Très beau et très bien habillé. Il portait des lunettes à verres fumés et ses J.M. Weston à boucles étincelaient. Il avait une sacoche en cuir beige craquelée et une canne. Pas blanche, un bâton ordinaire avec au bout un pommeau sculpté. Une tête d'animal, une sorte de chien, avec une grosse truffe et une gueule entrouverte.

Gabriel passa devant *Europe 1*. Impossible de mettre un nom sur tous les visages connus qui sortaient de la glorieuse station. Y'en avait pour tous les mauvais goûts. Pour preuve, le grand échalas avec sa tête de clébard fatigué, ses bras démesurés et son rire d'idiot. Celui-là, il était obligé de s'en souvenir, c'était le crétin des ondes et il officiait depuis des années. Impossible à déloger de son siège tellement les gens s'étaient habitués à ses sinistres conneries.

Gabriel ouvrit la somptueuse porte de l'immeuble au numéro impair. Glaces aux murs et marbre au sol. Il ouvrit une seconde porte plus modeste et découvrit le hall. Vaste et lumineux, lustre à cristaux, tout propre. Moquette rouge sur les marches et ascenseur de musée. Gabriel décida de monter les cinq étages sans l'aide de la nacelle en bois.

Un atelier de couture au premier, une maison de production au second et de la discrétion au troisième. Un petit banc matelassé pour les grimpeurs fatigués et un cendrier sur pied. Très propre aussi. Un quatrième également anonyme mais sonore, de la musique indonésienne provenant de l'unique porte blindée. Gabriel commençait à ralentir la cadence, l'essoufflement le gagnait, il avait envie d'une bière. Un bon quart de gallon de pression, avec de la bonne mousse en surface et du bon jus de houblon en dessous. Le col de sa chemise le faisait souffrir, le gilet l'engonçait et les mocassins lui meurtrissaient les orteils. C'était vraiment pas son déguisement préféré.

Gabriel resta debout devant la porte pendant une minute trente. Le temps de récupérer une respiration à peu près convenable. Une discrète plaque en métal indiquait qu'ici se trouvait le siège de la société D.A.G. Il frappa deux coups et recula d'un pas. Bruit de porte, de verrous. Une femme lui sourit et le fit entrer. Encore une dont le visage n'inspirait rien de précis à Gabriel. Un âge plus qu'incertain, une taille moyenne, de beaux vêtements et un physique quelconque. Du maintien et de la prestance mais aucun charme. De la rigueur et de la courtoisie mais aucune fantaisie. Une employée parmi tant d'autres.

— Entrez, je vous en prie.

— Merci.

La femme sans âge le mena dans une pièce étroite et le pria de s'asseoir. Ce qu'il fit sans protester. Une unique fenêtre donnait sur une cour sans jour et la salle d'attente empestait l'encens bon marché.

Il attendit une dizaine de minutes. Aucun bruit ne filtrait de la pièce adjacente, aucune voix. Gabriel en profita pour mettre en ordre toute une série de questions susceptibles d'aiguiller ses recherches. Il lui faudrait commencer comme n'importe quel client en mal d'affection. Lui faire part de ses exigences, de ses besoins, de ses préférences. Ne pas s'attarder sur les tarifs, concentrer toute la discussion sur le choix des sujets et réclamer une documentation précise afin de juger sur pièces. Faire l'amateur averti et choisir avec soin, ne pas s'emballer, être exigeant et un brin tatillon. Rester modeste mais montrer sa suffisance. Se comporter comme une véritable ordure. C'était pas son habitude mais le Poulpe savait parfaitement faire ces choses-là.

Elle ouvrit enfin la porte et s'excusa de la fâcheuse attente. Mais c'est ainsi qu'elle devait procéder à chaque fois. Faire attendre, un peu, juste le temps nécessaire pour mettre le client en condition. Gabriel la suivit et ils pénétrèrent dans un bureau sans personnalité. Classeurs muraux, tables en verre, fauteuils en cuir, ordinateur et imprimante. Le minimum strict.

— Asseyez-vous.

Gabriel obtempéra et posa sa mallette à ses pieds. Il déboutonna sa veste et croisa les jambes. La femme prit place en face de lui et attendit que Gabriel parle le premier.

— Je n'ai pas beaucoup de temps.

— La durée de l'entretien dépend entièrement de vous. Si vos désirs sont précis, mes propositions le seront également.

— Parfait.

Elle sourit de façon excessive et lui présenta un boîtier à cigarettes. Il refusa poliment et joignit ses mains.

— La fumée vous dérange, monsieur ?

— Du tout.

Vinrent ensuite les présentations d'usage. Elle réclama une pièce d'identité à Gabriel et celui-ci lui présenta sa très noble carte des Renseignements généraux. La femme ne sembla nullement émue et, après un rapide examen du document, lui rendit sa carte. Endosser l'identité de son ennemi était plutôt agréable. Avec un peu de chance, en apprenant sa venue dans un tel lieu, le pauvre fonctionnaire en ferait une syncope. Ou une rupture d'anévrisme. Mais fallait pas rêver.

— Comme c'est la première fois que vous faites appel à nos services je vous demanderais de bien vouloir remplir cette fiche...

Elle lui tendit un document imprimé. Gabriel prit la feuille et la survola rapidement.

— C'est une simple formalité... Un moyen facile et sans danger de lier connaissance...

Une dizaine de questions devant lesquelles il fallait cocher des cases. Nombre de personnes demandées, sexes, âges, couleurs de peau, teintes de cheveux et plusieurs autres petits détails qui avaient leur importance. Gabriel se soumit au questionnaire et lui rendit l'imprimé.

— Je croyais qu'il était possible de choisir sur catalogue ?

— En effet... Mais dans un premier temps vos réponses vont nous permettre d'aller droit au but... De gagner du temps... L'ordinateur va sélectionner d'après vos indications les personnes correspondant à votre choix...

Elle entra rapidement les réponses de Gabriel dans la machine.

— Original.

— Dans quelques secondes, il nous soumettra une liste de numéros... Et je trouverai leur équivalent dans ces classeurs...

Elle désigna les rayonnages de dossiers impeccablement rangés dans les armoires murales.

— Et vous pourrez consulter les photographies sélectionnées par l'ordinateur... Cela évite les déceptions et permet de rester concentré sur vos convictions premières... À force de feuilleter les catalogues, le regard s'use, se disperse, et vous perdez souvent vos véritables critères de sélection, vous comprenez ?

— Tout à fait.

La petite imprimante cracha les informations et la femme s'empara de la feuille. Une trentaine de prénoms accompagnés d'un code figuraient sur la page. Elle se leva et commença les recherches. Gabriel avait demandé deux femmes de race blanche, d'environ trente ans, blondes ou châtaines, aux yeux verts, d'environ un mètre soixante-dix, le portrait type de Christine Vilarp. Il avait également répondu à la question « signes particuliers ». Il avait inscrit en lettres capitales « tatouages souhaités ». Ça devait limiter les propositions et permettre d'isoler facilement la jeune femme. Mme Alexis se rassit et classa les photographies dans un ordre qui échappait à Gabriel. Elle alluma enfin sa cigarette et lui soumit le premier cliché.

— Tina... Vingt-huit ans... Très fine, très intelligente...

Gabriel dévisagea cette figure qu'il n'avait jamais vue. Une jolie petite frimousse sur un corps parfait. D'étroites épaules soutenaient une lourde poitrine bronzée. Vraie blonde.

— Elle possède un petit crocodile sur la fesse droite...

— Ah oui...

Pourquoi pas un blaireau ? Gabriel retourna la photo et la posa sur le bureau. Il procéda de la même manière avec les huit autres. Peu de chose les différenciait, on aurait pu les croire sorties d'un moule identique. Toutes correspondaient au signalement qu'il avait fourni à la femme. Elles étaient blondes, jeunes et belles. Et très disponibles.

— Nelly... Trente-deux ans... Très douée... Très volontaire...

Gabriel n'avait jamais vu cette personne. Il dut tant bien que mal cacher son émotion lorsqu'il découvrit le motif du tatouage. Situé au-dessus du mamelon gauche, un petit fer à cheval, de la taille d'une pièce de cinq francs.

— Hum.

Elle prit place sur le tas. Mme Alexis continua les présentations et cela dura encore une bonne dizaine de minutes. Nelly fut la seule découverte intéressante. Elle était le seul lien qui l'unissait à Christine. Et puisque Christine ne figurait plus parmi les élues, Nelly devenait la jeune femme à rencontrer absolument. Et le plus vite possible. La fille appartenant à la même personne que Christine Vilarp, marquée par le même tatoueur, elle savait forcément où se trouvait l'ancienne amie de Gabriel.

— Bien.

— Ça n'a pas l'air d'aller...

— Si, si... Seulement je n'ai trouvé qu'une personne à mon goût.

— Nous pouvons élargir les recherches si vous voulez ?

Gabriel regarda sa montre.

— Malheureusement je ne vais pas avoir assez de temps.

— Voulez-vous que nous prenions un autre rendez-vous ?

— Pas pour l'instant. Je vais me contenter de ce premier choix.

Gabriel rassembla les photographies et les parcourut rapidement. Il isola Nelly et tendit le cliché à Mme Alexis.

— Nelly... Très bonne pioche. Un élément exemplaire... Vous ne serez pas déçu.

Elle écrasa sa cigarette et pianota sur son clavier.

— Le prix forfaitaire est identique pour chacune de nos filles... Si certaines de vos exigences ne rentraient pas dans le cadre de cette tarification, un supplément vous serait facturé, suivant un barème très précis...

— Évidemment.

— Je vous dis cela car, en général, les nouveaux clients ouvrent un compte chez nous. Ce qui leur permet d'être totalement libres et de ne plus se soucier de l'aspect financier... Pour un moment du moins.

— C'est en effet une bonne idée.

— Et pour éviter tout malentendu, je vous demanderai de

choisir un nom... Un pseudonyme, si vous préférez... De manière à enregistrer votre dépôt.

— Je comprends bien.

Gabriel n'eut pas à chercher longtemps. Il alla au plus simple.

— Poulpe.

— Pardon ?

— Poulpe, comme le mollusque.

— Vous pouvez épeler ?

— Bien sûr... P-o-u-l-p-e.

Elle entra la pieuvre dans son fichier. Gabriel saisit sa mallette et l'ouvrit.

— Combien désirez-vous déposer ?

— Est-ce que dix mille francs suffiront pour commencer ?

— Cela semble tout à fait correct.

Gabriel sortit une petite liasse de billets usagés et la déposa sur le bureau. Elle s'empara de la brique et la rangea immédiatement dans une boîte en métal qu'elle enferma dans un tiroir.

— Quand désirez-vous rencontrer Nelly ?

— J'avoue que ce soir me conviendrait parfaitement.

Elle compulsa l'ordinateur et tordit sa bouche. Le mot déception s'inscrivit sur son front.

— C'est malheureusement impossible ce soir... Désolée... Mais demain si vous voulez...

— Très bien.

— Alors c'est parfait.

Elle enregistra la réservation.

— Communiquez-moi l'heure et l'adresse sur ce répondeur... Au plus tard demain midi.

Gabriel acquiesça et se leva. Salutations respectueuses et au revoir.

La rue François-Ier avait gagné en passants. Les autos avaient du mal à circuler et l'entrée d'*Europe 1* regorgeait de fans surexcités.

La D.A.G. faisait bien les choses. Pas de traces écrites, pas de noms. Un compte en liquide et une adresse fournie par téléphone. Une belle organisation qui pratiquait en toute sécurité. La carte de flic n'avait en rien dérouté l'assistante maquerelle, Gabriel ne devait donc pas être le premier fonctionnaire à s'abonner au réseau. Avant de partir, elle lui avait également assuré que toutes ses ouailles suivaient des examens médicaux très pointus et l'avait garanti sur la fraîcheur de ses produits. Y'avait pas de chaîne du froid mais les contrôles étaient fréquents. Pas de soucis d'hygiène donc pas de maladies. Ça rassurait.

Gabriel comptait bien récupérer son argent à un moment ou

un autre. Il était encore trop tôt pour définir le mode de remboursement mais il considérait ce versement comme un prêt. Un prêt dont les intérêts fluctuaient suivant l'humeur du jour. C'était donc une patate à retardement, laissée en gage et qui s'appelait reviens.

Il voyagea debout. Le gilet ouvert et le col de chemise déboutonné. Le chauffeur du car conduisait comme un âne. Il avait même oublié un arrêt et une petite vieille s'était mise à hurler. Le gars avait rigolé et personne n'avait osé contrecarrer l'hilarité du garçon.

Gabriel devait s'organiser. À partir de maintenant, les choses allaient sans doute évoluer plus rapidement. Il devait se tenir prêt. Prêt à frapper. À sortir Christine Vilarp de cette sale histoire. Il allait faire saigner. Forcément.

— C'est toujours la même merde, hein ?

Gabriel tourna la tête vers la voix rauque. Un barbu d'une quarantaine d'années lui souriait. Il avait les dents méchamment attaquées et les cheveux filasse.

— Je sais pas...

— Bah si, moi j'vous l'dis.

L'homme jeta un regard circulaire sur l'extérieur. Il portait des vêtements trop grands et une multitude de bijoux artisanaux autour du cou.

— Ça fait six ans que je suis parti et rien n'a changé... C'est toujours la même merde.

Gabriel lui rendit son sourire. L'homme retira son sac à dos en soupirant.

— J'suis ici depuis trois heures et j'ai déjà envie de foutre le camp...

— Vous venez d'où ?

Le type le dévisagea avant de répondre. Il avait les yeux très clairs, très délavés, avec un paquet de rides aux zygomatiques.

— Ça vous intéresse vraiment ?

Gabriel haussa les épaules.

— Baroda, Surat, Jalgaon... Ça vous dit quelque chose ?

— Non.

— Trois ans au Gujarat, deux au Maharashtra et six mois pour relier la côte Est... Berhampur... Le golfe du Bengale, ça vous dit rien ?

— De nom.

— Eh ben j'en reviens.

Y'avait aucun doute là-dessus. C'était pas Gandhi mais il avait la touche usée du voyageur déprimé. L'autobus fit une embardée vers la droite puis se rétablit.

— Quelle merde...

— Y'a eu pire.

— Ah ouais ?

Gabriel acquiesça.

— Eh bah je vais pas faire long feu ici, moi... Ah ça non...

— Pourquoi vous êtes pas resté là-bas ?

L'homme le dévisagea de nouveau. Il mit un bon moment avant de lui répondre.

— J'ai été frappé par un Shesha.

— Ah oui ?

Gabriel n'avait rien compris mais c'était pas grave. Apparemment, l'homme s'en était tiré sans trop de bobos.

— À Ganjam... Lors d'un exercice... Nâga m'a dit que ma mère était morte... Je suis devenu « Vestige », « celui qui reste »... Vous comprenez ?

— Bien sûr. Votre mère est décédée et Nâga vous a dit de rentrer...

— Non. Il m'a simplement averti... Il a imprimé en moi la Division.

Et il ferma les paupières.

— J'ai vu Lakshmi sur le serpent Ananta et Brahma est sorti sur une fleur de lotus du nombril de Vishnu.

C'était logique. « *Esprit pur sortant de la matière impure du corps* ». Il connaissait ses classiques. L'homme émergea tout doucement.

— C'est fou c'que ça pue en plus...

— Ça sent pas mauvais en Inde ?

— Non. Le vent souffle de chaque côté... Le mont Méru purifie l'air... Il attire à lui tous les maux...

Pas simple. Surtout quand le type en face de vous n'arrêtait pas de vous regarder, façon Majax.

— La puanteur vient des esprits. Du pays d'où je viens, on enseigne le Mudrâ... Et ce sont les mains qui parlent, qui pensent... Qui comptent... Alors à ce moment rien ne s'échappe de votre cerveau... Vous gardez le contrôle... Et Nabha vient à vous... Et le vide vous pénètre... Vous devenez lumière...

Tout cela n'était pas très clair mais fallait faire avec. Gabriel pensa aux Loka du professeur, aux tournesols, à la lune. Il se souvint d'avoir lu que si la lune n'existait pas, la Terre tournerait beaucoup plus vite et une journée ne durerait que dix heures.

— C'est ici que je descends.

Le car avait pilé net devant l'Opéra. Le type avait ramassé son paquetage et lui avait souri. Il s'était incliné devant Gabriel en marmonnant.

— Ne t'arrête pas de chercher... Ta vie est une quête.

Il s'était installé sous l'abribus et, avant que les portes ne se referment, l'homme lui avait lancé une dernière phrase.

— Et n'oublie pas... Seul le Padma guide ta pensée.

Et le cercueil ambulant avait repris sa route. Gabriel repéra un siège libre et partit s'installer près d'une vitre salie. Des virgules poisseuses et de la buée grasse sur le carreau.

L'Inde. Un beau pays. Un pays en pointe. En forme de V. Fallait vraiment avoir l'esprit mal tourné pour imaginer un fer à cheval.

30

Il persistait. Avant de s'endormir, il ouvrit *Le Livre des rêves*, à la recherche d'une pensée positive.

Il avait plusieurs services à demander. Demain serait une journée déterminante. Il attendait des réponses concrètes et précises.

« *Réellement, on a l'air de ce que l'on est.* » Gabriel referma le livre et se boucha les oreilles.

31

— Tu crois que tu peux te charger de ça ?

— Tu me prends vraiment pour un gland...

Mimi et Gabriel étaient installés près du radiateur. Assis l'un en face de l'autre, ils buvaient des grands crèmes. Une dizaine de personnes sirotaient des petits blancs et des demis au comptoir. Il était neuf heures trente.

— Bon, on récapitule...

— Ah t'es chiant... Je suis pas complètement idiot, merde...

— Je t'écoute.

Michel portait un bonnet écossais et une combinaison kaki.

— Je me pointe à quatre heures, avant la fermeture, et j'attends de la voir sortir... Si elle est à pied, je la file en douceur sinon j'enfourche mon scooter et je la suis discrètement... Ça te va ?

— Qu'est-ce que tu ne dois pas faire ?

Mimi soupira.

— Ah putain, t'es usant !

— Répète-moi ce que tu ne dois pas faire.

— Je ne dois pas lui parler... Je dois rentrer aussitôt que j'ai localisé sa crèche... Je dois mettre des vêtements à la con...

— Et puis ?

— Bah j'crois qu'c'est tout...

Gabriel fit non de la tête.

— Ah ouais... J'dois pas faire le malin.

— C'est ça. Tu dois pas faire le malin.

— Cool... C'est enfantin ton truc... C'est pas la première fois que je filasse une abeille... J'suis quand même plus un gamin !

— Tu retiens l'adresse et tu m'appelles aussitôt... D'accord ?

— Mais ouais... C'est pas la peine d'en faire toute une histoire, j'ai accompli des missions beaucoup plus délires, tu peux m'croire !

Gabriel avait prévenu le gosse que s'il se sentait repéré, il devait absolument arrêter la filature et rentrer. Le Poulpe lui avait donné un signalement très précis de la patronne. Michel la prendrait en chasse et reviendrait dès qu'il aurait localisé la tanière. C'était pas compliqué et c'était pas dangereux. Non.

Quand Gabriel avait demandé à Mimi s'il pouvait lui rendre un service, le môme avait dit oui sans savoir de quoi il s'agissait. Et quand Gabriel lui avait expliqué, Michel s'était ratatiné sur sa chaise, déçu et humilié. Il s'attendait à une participation active dans un sombre trafic d'objets d'art et se retrouvait à surveiller une bonne femme jusqu'à son domicile. C'était du boulot d'amateur, de la petite bière, un indigne travail d'arpète. Mais il avait finalement accepté. À une condition. Que Gabriel l'accompagné au prochain concert des Strongles. Un événement rare, exceptionnel. Ce serait évidemment Gabriel qui paierait les places. Et le resto, et tout le reste. Une soirée plein pot pour le vétéran de la transe.

— Au fait, j'arrive pas à remettre la main sur *Les Emblèmes végétaux*... Quelqu'un a dû me le chouraver... J'te jure que ça m'fait mal aux seins parce que c'était un exemplaire unique...

— C'est pas grave... J'ai pas trop le temps de lire en ce moment...

Deux types entrèrent dans le bistrot. Deux hommes en costume. Les mêmes que la dernière fois, en plus fatigués. Ils allèrent directement à leur table, dans le fond de la salle.

— Je sais que tu vas pas me répondre mais... Pourquoi je dois filer cette nana ?

— Elle veut pas m'épouser.

— Ouais, d'accord, c'est pas très clair ton histoire. Remarque, je m'en fous. C'était juste pour causer.

Gabriel se leva.

— Il faut que j'y aille.

— Tu finis pas ton kawa ?

— J'ai des petites courses à faire.

— P.M.U. ?

Mimi rigola. Les deux types attendaient sagement que l'on vienne les servir.

— Tu crois pas si bien dire.

— Délire !

Et Gabriel se dirigea vers la sortie. Non, il n'irait pas à Vincennes, ni à Auteuil. Les courses en question, celles qui l'intéressaient, n'avaient pas lieu sur un hippodrome mais dans la rue. Avec des chevaux non réglementaires, pas ferrés au bon endroit.

Direction l'hôtel. Il était temps de prévenir la D.A.G. Pour le rendez-vous de ce soir.

Gabriel ouvrit la porte et salua le réceptionniste avachi sur son siège. Réflexion faite, ce type avait quand même une sale gueule.

En grimpant les marches, il pensa à ce fameux livre d'Horace Mac Coy. Celui où, à la fin, le héros abrégeait les souffrances de sa partenaire.

32

Gabriel avait réservé une chambre dans un hôtel de la rue Saint-Georges. Il avait communiqué l'adresse au répondeur de Mme Alexis en souhaitant la venue de Nelly aux alentours de vingt et une heures.

Cité Paradis. Au sous-sol. Pedro ouvrit la porte au bout de deux minutes. Il avait le visage et l'haleine des grands jours. Labourés et pétris de boissons tanniques.

— Fais chier...

L'habituel salut chargé d'émotions qui fait chaud au cœur. Gabriel entra. Le même bordel régnait dans l'immense cave aménagée et c'était plutôt rassurant.

— Qu'est-ce que tu viens m'emmerder à cette heure ?

— T'as pas un petit café ?

— Tu t'sers.

Gabriel prit la tasse la moins dégueulasse et la remplit de jus fumant. Pedro partit se recoucher en maugréant.

— Fais chier...

Le Poulpe essuya un tabouret à trois pieds et posa prudemment son derrière. S'agissait de pas faire le malin sur un siège de cette facture.

— J'ai besoin d'une arme...

— Faire foutre !

Une chanson entraînante émanait du petit transistor posé en équilibre sur le frigo. C'était M. White is White en personne, et pour un flirt avec Pedro, Gabriel n'aurait pas fait n'importe quoi.

— C'est pas que je m'ennuie, Pedro, mais je vais avoir une journée assez chargée...

Gabriel but une gorgée de café. Il était aussi bon que la veille.

— Rien à branler !... On est pas au BHV... Non mais putain de merde, c'est vrai !

Pedro se releva sur un coude et faillit tomber du lit de camp. Il désigna son front.

— Y'a pas marqué esclave !

Il avait vraiment la tête des matins blêmes le Pedro. Le vieux Catalan avait dû carburer sévère car les cadavres de pinard traînaient encore dans l'évier. Et c'était pas de la pelure d'oignon, plutôt morgon et juliénas.

— J'ai pas le temps de philosopher... Donne un feu et je t'abandonne...

— C'est ça, donne ci, donne ça... Ah merde alors ! J'en ai plein le cul de toutes tes salades... Si tu savais comme j'en ai marre...

Gabriel avait fermé les écoutilles. Le vieux s'était levé et avait pris le chemin de la conciliation. Il se dirigeait d'un pas mal assuré vers l'armoire murale située derrière un récent arrivage de mystérieux cartons. De pinard, peut-être. Normalement, quand un homme buvait beaucoup un soir, il montrait le jour suivant la face opposée de son caractère. Mais Pedro faisait partie des exceptions. Il saisit le trousseau pendu à un clou et introduisit une des clefs dans un cadenas rouillé. La porte s'ouvrit en grinçant et Pedro disparut entièrement à l'intérieur de l'armoire.

— Me reste un p'tit Browning... Du huit... Ou bien un 38... Un Olympic à barillet... Sais pas c'que ça fout là ça...

— C'est juste pour te débarrasser... Donne le moins lourd...

— Dans l'automatique, reste plus que deux pruneaux !

— Ça fera l'affaire.

Bruit de ferraille. Pedro avait dû se casser la gueule dans l'armoire. Il se mit à hurler et il y eut une nouvelle chute d'objets divers.

— Sales chiottes de merde !... Qui c'est qui m'a foutu un bordel pareil dans c't'armoire !

Il réapparut. La mine un peu plus rouge. La colère évidente. Il s'éloigna du sarcophage béant en brandissant l'arme.

— Sais pas d'où elle sort c'te pétoire...

— J'espère qu'elle a plus de passé.

Pedro vérifia l'absence de numéro.

— Amnésique totale. Irrécupérable.

Il lança le Browning à Gabriel.

Le modèle était pas nouveau et dans la main du Poulpe l'arme nickelée ressemblait à un jouet. Deux balles, ça faisait pas beaucoup mais c'était suffisant. Gabriel arma la culasse et visa l'un des néons.

— Tape à gauche ces merdes-là... Pour les débutants... À ta place, j'f'rais pas l'malin avec cette merde.

Gabriel savait que pour atteindre sa cible avec un engin pareil il valait mieux l'avoir à un mètre de soi. Pedro se servit une tasse de café en marmonnant d'inaudibles gros mots.

— À qui c'est qu'tu vas faire une visite ?

— Au roi d'Espagne.

— Arrête tes conneries, tu vas finir par me filer des gaz...

Et Pedro s'exécuta. C'était un prout de lendemain de cuite, un truc rabougri, tout sec et sans résonance. Un pet de vieux de toute façon.

— T'as même pas amené de croissants !

— C'est mauvais pour c'que t'as.

— Mon cul !... Je sais c'qu'est bon pour moi. C'est des quenelles aux câpres... Avec des épinards... Et des courgettes au fromage... C'est ça qu'i m'faudrait... De la morue au poivre... Ouais, ou une belle andouillette avec une purée de brocolis...

— Sans moi.

— Tu crois peut-être que j't'invite, racaille !

Gabriel vida sa tasse et rangea l'arme dans sa veste. Il se leva et porta la main à son front.

— Adieu.

— C'est ça... Et dis à Ruan d'arrêter les pissenlits, ça file des hémorroïdes...

— J'y penserai.

Gabriel se dirigea vers la porte. Le pistolet le gênait. Pas physiquement mais moralement. Difficile à expliquer. Il n'avait pourtant aucune raison de redouter qui que ce soit.

Mais il était sûr d'être passé à côté de quelque chose.

Le Padma avait parlé. Son Padma lui avait conseillé de passer chez Pedro prendre un joujou. Et maintenant qu'il le possédait il se sentait encore moins en sécurité.

Il y avait autre chose. Le souci était ailleurs, pas très loin, de l'autre côté.

Pas possible de réfléchir. Il avait le raisonnement abscons.

33

Christine Vilarp n'avait pas tenu un grand rôle dans sa vie amoureuse. Quelques mois d'intenses fréquentations, d'heureux moments partagés, de bons souvenirs. Aucun ressentiment, nul regret. Que de bonnes choses. Son rire. Gabriel se souvenait d'une jeune fille gentille, studieuse et très joyeuse. Il aurait pu l'imaginer avocate ou biologiste, infirmière ou prof de gym.

En y repensant, leur courte fréquentation se résumait à des rencontres épisodiques et purement organiques. Sans blabla ni confession. Il ne restait donc à Gabriel que des images. Des bouts de pellicule sans son, des séquences plus ou moins longues. Et plus ou moins floues, à la netteté souvent imparfaite.

Christine Vilarp.

Et l'évidence s'imposa. C'était net et précis. Ça valait pas grand-chose mais c'était sûr. Elle était morte.

La chambre était assez grande et sobrement meublée. Un grand lit double recouvert d'un drap bleu nuit. En face, une glace, qui montait jusqu'au plafond. Une armoire Ikéa, une table basse et deux fauteuils, même fournisseur. Une photographie encadrée, un paysage de Sologne. Pas gai mais envoûtant. Une maison ancienne entourée d'arbres centenaires. Une cheminée, de la fumée fuyante, seule trace de vie humaine dans le paysage.

La salle de bains était de taille moyenne mais tous les éléments respiraient la propreté. Savon neuf, shampoing, cirage à chaussures. Seul désagrément, les chiottes. Gabriel détestait les salles de bains pourvues de cabinets.

Il avait tiré les rideaux de l'unique fenêtre. Double vitrage, isolation parfaite. Une télévision en hauteur, les programmes merdeux d'une chaîne câblée. Des garçons à demi barbus qui gesticulaient. En arrière-plan, des barbus à demi garçon qui défilaient en maillot de bain.

Il s'était fait monter une Maccabee, petite bière légère et israélienne. La meilleure du pays, pas trop chargée en alcool. Les frères Maccabee, d'après ses souvenirs, s'étaient révoltés contre les Romains, y'avait de ça presque vingt siècles.

Nelly avait dix minutes de retard. C'était pas très grave mais ça suffisait à le rendre nerveux. Pour ce type de rendez-vous, la moindre des politesses était d'arriver à l'heure. Encore une des astuces de la D.A.G. pour asservir le client. Il était bien décidé à faire parler la gamine. Son séjour en Auvergne devait servir à quelque chose.

Deux coups furent frappés à la porte et Gabriel prononça les mots magiques.

Elle entra. La fille était plus jolie que sur la photographie. Plus petite aussi. Ses longs cheveux étaient attachés et elle portait un épais manteau en fausse fourrure. De qualité. Son visage respirait la joie de vivre et Nelly lui sourit largement dès qu'elle l'aperçut.

— Bonsoir.

— Bonsoir.

— Excusez-moi pour ce retard...

— Ce n'est pas grave.

Gabriel se leva et alla refermer la porte. La fille se dirigea vers la fenêtre.

— Vous voulez boire quelque chose ?

Elle retira son manteau.

— Je veux bien.

Gabriel décrocha le combiné et appela la réception.

— Qu'est-ce que vous voulez ?

— Un Coca.

Une robe rouge et moulante. Des ongles bien faits, comme le contour de sa bouche et de ses yeux.

— Vous pouvez monter un Coca... Chambre 23... Merci.

Il raccrocha et s'allongea sur le lit. Nelly ouvrit un ridicule réticule en peau de panthère et sortit un paquet de cigarettes.

— Je peux fumer ?

— Bien sûr.

Nelly était très mignonne. Très jeune. Beaucoup plus jeune que l'autre. L'autre Nelly. La vraie. Celle de la photo.

— Vous avez quel âge ?

— L'âge que vous voudrez...

Elle alluma sa Camel à l'aide d'un briquet griffé et s'assit dans un fauteuil. Gabriel mit ses mains derrière la nuque et l'observa.

— Vingt-cinq... Même pas... Vingt-deux peut-être...

Elle ne lui répondit pas. Le même sourire docile aux lèvres. Les jambes ouvertes à dix heures dix. Des bas noirs tenus par un porte-jarretelles dentelé. Aussi noir que sa culotte.

— J'ai envie de vous faire des choses...

Au moins, on ne perdait pas de temps.

— Je n'en doute pas...

— Des choses que vous n'avez jamais faites avec personne.

— Ah oui ?

Le Poulpe avait pourtant déjà essayé pas mal de variantes. Plus ou moins réussies mais il connaissait un peu l'anatomie féminine.

— Je suis prête à faire tout ce que vous me demanderez...

— Absolument tout ?

— Oui.

La réponse était trop rapide pour être fausse. Oui, Gabriel pouvait lui demander tout ce qu'il voulait. Il faut dire qu'avec un crédit de dix mille balles il avait le champ libre.

— Est-ce qu'il y a quelque chose qui vous ferait plaisir en particulier ?

Gabriel acquiesça.

— Ordonnez.

— On attend pas le Coca ?

— C'est vous qui décidez...

Gabriel se releva et but une gorgée de bière juive.

— Alors déshabillez-vous.

Nelly posa sa cigarette dans le cendrier et retira ses chaussures. Elle dégrafa sa robe et se leva. Une poitrine avantageuse soutenue par un soutien-gorge à balconnets. Noir évidemment, comme son string. Elle enjamba la robe à terre et récupéra sa cigarette. Elle tira une courte bouffée et reposa la clope.

— Vous êtes très belle...

— Merci.

— La ressemblance est troublante...

Aucun signe de stupéfaction. Cette jeune fille ne devait pas savoir mentir. Elle continuait de lui sourire.

— Enlevez le reste.

Chose étonnante, elle commença par le bas.

— Vous pouvez me faire tout ce que vous voulez...

Ça devenait une fixation. Elle avait les seins en forme de poire. Et aucune trace de tatouage.

— Mais vous n'êtes pas Nelly.

— Je ne vous attire pas... Je suis très étroite, vous savez...

Elle s'était approchée. Elle avait posé un genou sur le lit. Des vapeurs de parfum lui parvenaient et c'était pas du patchouli ordinaire.

— Pourquoi vous a-t-on remplacée ?

— Je ne vous plais pas ?

La main tendue s'était directement posée sur le membre qui ne l'était pas encore. Mais le lent mouvement circulaire ne tarda pas à rétablir l'indispensable équilibre.

— Tu veux que je te suce ?

Elle le fixait droit dans les yeux. Attentive, chargée à bloc et disponible.

Après tout il avait payé.

Alors il avait cédé. Juste pour quelques minutes, en attendant de passer aux questions. En attendant ce putain de Coca.

— Entrez !

Le serveur entra et déposa la boisson sur la table basse. Ça ne lui prit pas plus de sept secondes. Il était petit mais possédait une énorme tête sur un corps tout frêle. Il s'éclipsa sans rien réclamer et la fausse Nelly alla cueillir son soda. Elle but au goulot en plissant les paupières. Gabriel en profita pour reboutonner son jean. Il était amer mais lucide. Et le soudain souvenir de Christine l'avait ramené à la raison. Sa présence ici, dans cette chambre sordide, avec cette gamine qui n'était pas celle qu'il attendait.

— Bon...

La fille reposa la bouteille sur la table nordique et cala ses mains sur ses hanches.

— Qu'est-ce que je dois faire maintenant ?

— Approche...

Gabriel sourit. La fille marcha très lentement vers lui en faisant courir sa langue épaisse sur ses lèvres un peu moins rouges.

— Assieds-toi...

Elle s'agenouilla. Gabriel posa sa main sur le sein chaud auquel il manquait le tatouage. Il le caressa, le pinça légèrement, fit rouler le mamelon sous ses doigts.

— Mettez-le dans votre bouche...

Évidemment, ça n'aurait pas déplu à Gabriel. Mais il fallait maintenant avancer un peu. Trouver la pièce manquante. Mettre la main sur ce cadavre de femme. Neutraliser le meurtrier.

— J'ai envie que tu m.../

Elle ne vit pas la gifle arriver. Un violent coup de paume sur la joue gauche, rapide et sonore. Fausse Nelly se coucha sur le côté, à moitié estourbie. Elle ne se releva pas tout de suite et Gabriel ne bougea pas. L'esprit de la femme étendue devait envisager tous les cas de figure. Ce n'était certainement pas la première fois qu'elle tombait sur un cogneur. Elle devait sans doute peser le pour et le contre. Surtout le contre. Fausse Nelly n'était pas très rassurée, ou était-ce simplement de la surprise ? Elle se releva tout doucement en maintenant sa joue meurtrie, comme si le morceau de chair allait tomber.

— Vous savez bien que je ferai to...

La deuxième gifle cingla l'autre joue, moins fortement mais des traces de doigts s'imprimèrent néanmoins sur la peau. Elle tomba de l'autre côté, en silence. Fausse Nelly avait un sang-froid exemplaire, elle ne criait pas, ne protestait pas, elle n'allait certainement pas se laisser interroger sans difficulté. Ce petit bout de femme avait l'air solidement aguerrie.

— Relevez-vous...

Elle se remit sur pied et Gabriel lui fit signe de s'asseoir à côté de lui.

— Je vais vous poser quelques questions... Et vous allez y répondre... Hein ?

La fille acquiesça. Elle était calme, et ça ne cadrait pas avec la situation.

— Je ne vous veux aucun mal... Mais je suis déterminé à vous faire souffrir si je ne parviens pas à obtenir les renseignements que je souhaite entendre... Vous m'avez bien compris ?

— Oui...

— Comment vous appelez-vous ?

— Diane.

On en revenait encore aux Romains. D'après la mythologie, cette déesse devenue reine des bois fut surprise au bain par un type qu'elle métamorphosa en cerf. Gabriel avait toujours été marqué par la cruauté de cette femme qui fit ensuite dévorer par ses chiens le malheureux voyeur.

— Vous m'avez fait mal...

— Je peux faire beaucoup mieux.

— Ce ne sera pas nécessaire.

Gabriel était le plus mal à l'aise. La fille ne semblait pas trop troublée et tout laissait croire qu'elle n'allait pas coopérer.

— Pourquoi avez-vous été remplacée ?

— Vous me l'apprenez... Qui attendiez-vous... Un homme ?

— C'est moi qui pose les questions.

La gosse avait du cran. Une autre baffe n'aurait servi à rien.

— Vous connaissez une certaine Nelly ?

— Non.

Elle se leva et se dirigea vers le fauteuil. Elle fouilla dans son sac à main et porta une cigarette à ses lèvres.

— Vous m'avez vraiment fait mal, vous savez...

— Depuis combien de temps travaillez-vous avec la D.A.G. ?

— Six mois.

Elle s'était assise dans le fauteuil et avait allumé sa cigarette.

— Vous n'étiez pas obligé de me frapper... Je vous aurais répondu de la même manière...

— Je ne crois pas... D'ailleurs je pense que vous ne me dites pas toute la vérité...

Gabriel se leva et s'avança vers Diane.

— Non, attendez... C'est inutile de recommencer... Une personne va venir me chercher... Calmez-vous...

Elle tenait bien serré dans sa mimine un petit récepteur aussi grand qu'un paquet de tiges. Un objet triangulaire dont une des touches clignotait en permanence. Gabriel pensait que ça n'existait qu'à la télé, dans les mauvaises séries anglo-saxonnes. Mais le monde des escort-girls lui était inconnu, ses progrès et son modernisme dépassaient de loin ce qu'il imaginait.

— Ce que vous venez de faire n'est pas très intelligent...

Gabriel lui prit le boîtier des mains et coupa le contact. Puis il saisit fermement le poignet de la fille et l'approcha de la fenêtre.

— Je vous en prie... Laissez-moi partir...

— Écoute-moi bien, ma petite... Ou bien tu me dis où se trouve Nelly... Ou bien je te jette par la fenêtre...

— Je ne la connais pas, merde !

Gabriel tira les rideaux et un homme entra dans la chambre sans frapper. Il était aussi grand que le Poulpe et sans doute beaucoup plus costaud. Une tête de dur avec un sourire de minable. La jeune femme fut instantanément rassurée et essaya courageusement de se dégager.

— Qu'est-ce qui s' passe ici ?

Le garde-chiourme avait la voix éraillée et l'accent marseillais. Ça payait. Il referma la porte et déboutonna son parka. Il avait de grosses veines saillantes aux tempes.

— Je ne suis pas du tout satisfait, dit Gabriel.

Le balèze jeta un œil réprobateur sur la fille.

— Ce mec n'arrête pas de me poser des questions sur Nelly !

— Ah ouais... Et pourquoi ça ?

Il se plaça au milieu de la pièce et gonfla son poitrail.

— En plus, il m'a balancé deux beignes !

Diane avait le regard rancunier.

— Lâchez-la, monsieur... Je suis sûr que toute cette histoire va s'arranger...

— Ça m'étonnerait... Cette sale petite pute a voulu me piquer mon pognon !

— Ça va pas la tête... Il est malade, lui !

Le doute s'installait dans l'esprit du gorille. Il allait de l'un à l'autre sans pouvoir se décider.

— L'écoute pas, Cyril... Ce mec est un pourri !... Je sais pas ce qu'il cherche mais il raconte que des conneries !

Gabriel leva la main sur elle, la fille tomba à genoux en protégeant son visage.

— Elle a voulu me piquer mon pognon...

— Bon, on se calme... Je crois que c'est fini pour ce soir...

Le gros Cyril avança vers eux et Gabriel lâcha fausse Nelly.

— Rhabille-toi.

Elle prit ses vêtements sur le fauteuil et s'éloigna de Gabriel.

— Salaud !

— Ferme-la, lança le gros.

Maintenant, Gabriel était assez près. Il frappa violemment l'homme au-dessous du poumon droit, en mordant sur les côtes, d'un direct au foie. Le gars ne s'affaissa pas immédiatement, c'est le coup de poing au front qui le fit vaciller. Gabriel le saisit de nouveau au menton, ça craqua, et le mec s'écroula. Les gros, c'était toujours comme ça. Fallait frapper le premier, les prendre de vitesse, et si les coups étaient précis, le tapis était garanti.

— On reprend.

La fille n'avait pas bougé. Elle avait juste eu le temps d'enfiler sa culotte. Gabriel lui fit signe de s'asseoir sur le lit.

— Maintenant je n'ai plus beaucoup de temps, ma poulette... Il faut que tu te décides à parler...

— Mais merde, j'ai rien à vous dire, moi !

— Tu arrêtes de crier.

Le ton était suffisamment menaçant pour que Diane réprime sa colère. Gabriel sortit la photographie de Christine Vilarp et la brandit sous le nez de la fille.

— Tu connais ?

— Vous êtes cinglé...

— Réponds-moi vite.

Elle observa la photo et regarda Gabriel.

— Pourquoi vous me montrez ça ?

— Pour que tu saches ce qu'il va t'arriver.

La fille regarda encore la photo. Gabriel aussi. Et plus il la regardait, plus son regard déviait vers la droite, vers l'un des hommes, légèrement en retrait. Et voilà qu'un des visages lui devenait familier. Bordel de merde. Une tête déjà vue quelque part. Une tête d'homme croisé dans un bar. Une gueule banale mais tout à fait identifiable.

— J'les connais pas... J'vous jure...

Gabriel rangea la photo.

— Et Nelly ?

— Je sais pas qui c'est... On m'a appelée tout à l'heure pour savoir si j'étais libre, c'est tout... Je suis désolée si je suis pas la fille que vous aviez commandée...

— Écoute-moi bien...

Le tas à terre poussa un grognement en se tortillant. Gabriel se rapprocha et lui décocha un coup de pied au visage. C'était pas élégant mais ça avait le mérite d'être efficace. La brute se rendormit aussitôt.

— Tu vas rentrer chez toi et oublier ce qui est arrivé... Je te conseille également de quitter le bordel pour lequel tu travailles, compris ?

Diane acquiesça. La gamine s'était radoucie, elle avait les yeux brillants et son corps tremblait un peu. Elle n'avait plus rien d'une déesse et Gabriel n'avait pas été dévoré par ses chiens.

Il était vingt-deux heures trente et la nuit l'appelait vers d'autres forêts.

34

Il s'était maudit cent fois. Cent fois traité de connard. Pour sa pomme, parce qu'il était trop con. Trop aveugle. Parce qu'il n'avait pas su voir ce qui lui crevait les yeux. Là, dans sa poche, la photo de l'homme qu'il avait croisé à deux reprises. Parce que ses yeux n'avaient toujours regardé qu'elle. Christine Vilarp, à poil, en plein ébat. Trop con et trop vicieux.

Il connaissait la direction à prendre. Il connaissait le chemin par cœur. Il ne passerait pas à l'hôtel, c'était inutile, il avait tout ce qu'il fallait sur lui. La photo et le pistolet. Et pas mal de colère à revendre.

Il régnait au Lotus un vacarme épouvantable. Ça grouillait de monde au bar et aucune place assise n'était disponible. Gabriel se rendit aux toilettes et pissa généreusement. Il se lava les mains et passa un peu d'eau sur son visage.

L'oncle de Mimi lui dit que son neveu serait absent pour la soirée. Gabriel lui répondit qu'il ne venait pas pour le voir, qu'il avait rendez-vous avec quelqu'un d'autre.

Il en était à sa quatrième mousse et deux heures s'étaient écoulées. L'ambiance virait toujours au rouge alcoolisé et le bistrot n'avait pas désempli. Guichard venait de terminer *Mon vieux* et Christophe entamait *Les mots bleus*. Pardessus râpé contre larmes amères. C'était pas vraiment plus dansant mais les gens s'en foutaient. Aucun d'eux n'était là pour apprécier la variété française. Ici on vendait de la joie et du bonheur liquide, la musique servait juste d'emballage, un bon moyen de combler les silences dans les temps morts. Sauf qu'au Lotus, des temps morts, y'en avait pas beaucoup.

Gabriel gardait les yeux rivés sur la porte d'entrée. Il avait trouvé une place acceptable à quelques mètres du comptoir, dans le fond de la salle. Pas très loin de la table qu'occupaient habituellement les deux gars en costume. Ceux qu'il avait vus à deux reprises quand il était venu voir Mimi. En toute logique le tandem devait travailler dans les parages, le Lotus devait être leur point de chute, leur lieu de repos. Le coin détente après la tempête. Gabriel allait leur en refiler de la détente, pour pas un rond. Du pruneau maison, made in Pedro.

Une heure plus tard, la moitié de la population avait disparu. Restaient les plus valides. La crème. L'ennui, depuis les départs, c'est qu'on entendait distinctement les conversations. Les irréductibles s'étaient mis à parler plus fort et ça n'avait rien d'agréable.

— Quand ils sont r'venus, personne avait rien vu...

— Nan, personne.

— Ils avaient travaillé comme des chefs... Pas une fausse note... Rien !

— Comme au temps du busard, tu t'souviens ?

— Bah tiens, pareil...

— Ah merde alors !

L'un des gars portait une espèce de burnous et ressemblait à l'abbé Pierre. C'était le plus virulent. Son collègue, une copie conforme du commandant Cousteau, n'arrêtait pas de se tripoter les parties. Il avait un carreau de fêlé à ses lunettes.

— Ah la sale putain d'ordure !

— Vrai... L'aurait jamais dû le foutre en taule... Les jeunes savent plus travailler... Des p'tits cons, c'est tout.

— Des ordures !

— Ouais.

— Des sales putains d'ordures !

À peu de chose près, la suite était du même tonneau. Ils continuèrent de vociférer pendant une bonne demi-heure et le tonton les raccompagna enfin dehors. Il congédia également Gabriel et ferma la boutique sur un air de Lama. Les petites femmes de Paris n'étaient pas très loin mais Gabriel leur préféra sa chambre.

Il gravit avec peine les étages et s'effondra sur son lit. Il était cuit. Désolé.

Il rêva de clairières, de grands chênes et de bois.

Gabriel marcha longtemps à la recherche d'une route mais n'en trouva aucune.

Il passa le restant de la nuit, nu et perdu, errant dans une forêt inconnue.

35

Gabriel émergea à neuf heures. D'un réveil mauvais. Des morceaux de plâtre dans la bouche et les jambes lourdes. Lestées de poids invisibles.

Il avait plusieurs endroits à revisiter. Il se lava, se rasa, se coupa et s'habilla. Avant de sortir, Gabriel vissa sur son crâne une casquette noire enjolivée d'un discret pompon rouge.

L'air était frais. Il attendit trois minutes avant que le 42 ne pointe sa carcasse.

Ça papotait sévère dans la carlingue. Un couple de resquilleurs refusait de payer au chauffeur le prix forfaitaire du billet. L'employé vociférait des injures bien senties.

— C'est à cause de salauds comme vous qu'on est dans la merde !... On devrait vous foutre en taule !... Ah, on est bien un pays de cons !

Le couple regardait sans broncher l'individu mécontent. La femme haussa les épaules et le traita de connard.

— C'est ça, je suis un connard... Et le connard il va te mettre une baffe dans ta grande gueule...

Et puis les injures s'apaisèrent, le calme revint. Et finalement tout rentra dans l'ordre.

Un petit bout de chemin à pied redonna vie au Poulpe. La rue François-Ier était totalement infranchissable aux automobiles. Un car stationnait devant *Europe 1* et un cortège de vieillards quittait sans se presser l'autobus. Le service d'ordre radiophonique était complètement dépassé par les événements. Les vieux indisciplinés ne respectaient aucune consigne, ils entraient dans le hall et partaient tous dans toutes les directions. C'était marrant à regarder mais Gabriel ne s'attarda pas.

Même immeuble. Même étage. À l'envers, D.A.G. voulait dire « gad ». Et « gad » en anglais signifiait pic. Cette fois il sonna. Des petits pas croissants et la porte s'ouvrit. Mme Alexis ne sembla pas surprise.

— Monsieur Vergeat... Il sembl...

Une baffe. Une de plus. La fille encaissa le soufflet sans broncher et Gabriel la propulsa dans le hall. Il referma la porte, saisit la femme à la gorge et serra.

— J'ai des réclamations à formuler.

Il l'entraîna dans le bureau et la fit asseoir. Sa casquette fourrée amortit le premier choc mais pas le second. Noir.

36

Anthracite. Une baffe. D'un calibre supérieur. Gris clair. Bobo à la tête. Deux visages au-dessus de Gabriel. Une femme et un homme. La mère Alexis lui souriait, pas le gars au costume. Quelle perte de temps. Et dire qu'il l'avait attendu toute une partie de la nuit au Lotus.

— J'vous ai cherché partout...

— Ta gueule.

Ses mains étaient liées dans son dos et il gisait sur le sol. En véritable professionnel, le visage fermé, l'homme lui assena un coup de poing à l'estomac.

— Qui tu es l'ami ?

Il attendit poliment que Gabriel reprenne son souffle. Le Poulpe termina par une petite quinte de toux, histoire de marquer la douleur. L'homme lui montra la carte de presse et celle de flic. En toute logique, le monsieur l'avait donc également délesté de son jouet.

— Alors... Flic ou journaliste ?

La femme alluma une cigarette et posa ses fesses sur le rebord du bureau. En effet, le Browning gisait pas très loin du cul de la dame.

— Qu'est-ce que tu cherches... Hein ?

— Je suis très déçu...

— Ah oui ?

— J'avais rendez-vous hier soir avec une jeune femme du nom de Nelly et vous m'avez envoyé un clone...

— Et alors ?... Qu'est-ce que ça peut foutre ?... Ça revient au même, non ?

— Pas du tout... J'avais choisi sur catalogue et je suis très mécontent du...

La gifle lui fouetta le nez et le sang chaud se répandit instantanément dans sa gorge.

— Allez, ça suffit tes conneries... Il va falloir que tu te décides à causer sérieusement... Surtout que t'as pas été très gentil avec notre collègue...

Avaler son propre sang, comme ça y'avait pas de gâchis.

— Depuis le début, je le sentais pas ce mec...

L'homme sans nom avait une quarantaine d'années, une Rolex éclatante au poignet et un bracelet Cartier. Le top du top, une bagouse à chaque majeur. De plus, il s'épilait le milieu des sourcils, juste au-dessus du nez. On avait donc bien affaire à un être vil et malfaisant.

— Qu'est-ce qu'on fait, Raphaël ?... J'appelle ?

— Nan. Je veux m'occuper personnellement de monsieur.

Gabriel avait enfin mis la main sur son triplé. Le dernier archange, celui qui avait reconduit au pays le chien Toby. C'est Mimi qui serait content d'apprendre que le Lotus accueillait sans le savoir les trois anges de l'ordre supérieur.

— Ton nom ?

Gabriel prit un air résigné.

— Harry.

— Harry comment ?

Il parut très ennuyé puis finit par lâcher le morceau.

— Harry Cover.

Amusé, Raphaël se tourna vers Mme Alexis. Un étalage de dents jaunes mais parfaitement alignées.

— Il est vraiment mariole celui-là...

— Moi, il ne me fait pas rire du tout. J'ai envie qu'il crève...

— Bien évidemment, il va crever... Mais avant, je vais le chatouiller sous la peau...

Raphaël présenta à Gabriel l'outil en question. Une sorte de stylet chirurgical, particulièrement effilé.

— Tu vois tête de con... Cet objet est une invention formidable...

La dame se rapprocha des deux hommes et s'agenouilla près de Gabriel.

— Il ne laisse quasiment aucune trace mais peut faire énormément de dégâts à l'intérieur de ton corps... Tu me suis ?

— Pas tout à fait...

Elle posa sa main sur la bouche du Poulpe.

— Je te montre...

Raphaël planta le petit poignard dans la cuisse droite de Gabriel et opéra un mouvement circulaire, une rapide rotation autour d'un seul point. Comme l'aiguille d'une montre parcourant soixante minutes en une seconde. Une suée apparut aussitôt sur le visage du supplicié.

— Ça te paraît plus clair maintenant ?

Il fit signe à sa compagne de libérer le bec du prisonnier. Elle obéit en grimaçant et se releva. Elle se servit de la casquette de Gabriel pour essuyer la salive et le sang qui maculaient sa main.

— Attendez, attendez... Dans la poche de ma veste... Là... J'ai une photographie... Prenez-la...

— Qu'est-ce qu'on en a à foutre ?

— Prenez-la j'vous dis... Ça va vous intéresser...

Si l'homme se penchait dans la direction indiquée, ça valait le coup d'essayer. Gabriel ne serait plus jamais aussi près de lui. Et peut-être plus jamais aussi vivant.

— Si c'est des conneries, tu vas morfler...

— C'est une photo où vous êtes nu, j'vous jure... Avec une fille qui a un tatouage sur le sein...

Raphaël échangea un regard douteux avec Mme Alexis.

— Ah ouais ?

Gabriel acquiesça, il jouait la fatigue, il insistait lourdement sur le côté exténué du souffrant.

— Un truc porno ?

Il avait dit ça en souriant. Des tonnes de souvenirs devaient l'assaillir.

— Ça y ressemble...

Alors le type se pencha, pour fouiller. Mais la curiosité n'était pas payante à tous les coups. Gabriel s'était préparé au choc, cependant la collision dépassa de loin ses prévisions. Il crut même s'être cassé l'os frontal du crâne. Ou quelque chose d'autre, proche du cerveau. Le coup de boule avait atteint Raphaël sur la transverse du nez. Les cartilages s'étaient écrasés et avaient enfoncé les cornets, déchirant au passage la trompe d'Eustache. L'homme n'avait même pas eu le temps de hurler, il s'était affaissé sur le côté, le visage affreusement mutilé.

— L'enculé !

La femme se précipita vers le bureau afin de s'emparer du pistolet. Mais Gabriel avait déjà opéré un rapide redressement et il parvint à lui balancer son pied dans les tibias. Mme Alexis trébucha à un mètre de l'arme. Gabriel se rua sur elle et l'écrasa de tout son poids.

— Faut plus bouger maintenant...

— Je t'emmerde, sale con !... Tu vas le regretter !

L'homme n'avait pas bougé. Complètement sonné, il geignait faiblement sur le sol. Gabriel sauta plusieurs fois sur le dos de la dame. Jusqu'à ce qu'elle s'essouffle, qu'elle manque d'air, qu'elle s'étouffe. Mais il ne voulait pas qu'elle meure, il avait des questions à poser. À l'une et à l'autre. Il se releva et aperçut le briquet posé sur le bureau. Gabriel s'en empara et se brûla les poignets avant d'entamer les liens. Puis il récupéra ses fausses identités et remit sur pied Mme Alexis.

— On te fera la peau...

— En attendant, c'est moi qui vais te la tanner.

Elle lui cracha au visage et il lui refila une tarte. La dame était devenue laide et misérable. Des mites collées aux coins de ses yeux et du tartre noirâtre au sommet des chicots. De près, voilà à quoi se résumait cette sale bobine.

Parce qu'il y eut comme un courant d'air, un je-ne-sais-quoi d'inattendu, une fulgurante douleur dans la cuisse, un écoulement de bielle à la tête. Ou peut-être un signe du destin. Son Padma en ébullition. Il n'aperçut pas l'homme venir à lui, le stylet à la main. Il le sentit. Et il empoigna la femme et s'en servit comme d'un bouclier, la retournant avec lui en moins d'une seconde.

La faute à pas d'chance. Plantée par un gad. Le pic de Raphaël. Deux visages face à face, l'un presque mort et l'autre encore vivant. Elle avait la bouche ouverte et regardait le manche dépassant de son abdomen. Et la main de l'homme toujours accrochée au stylet. Et le poing de Gabriel s'écrasant un peu plus sur la crevasse ensanglantée du dernier archange. Cette fois il s'écroula pour de bon, en arrière, en plein sur l'occipital qui ne résista pas. Le pauvre con en garda même les yeux grands ouverts. Gabriel relâcha la fille et la posa par terre. Elle était devenue toute pâle et très molle.

— Qu'est-il arrivé à Christine Vilarp ?

Elle le regardait, éberluée et livide.

— Qui a tué Muriel Côte ?

Sa tête s'inclina sur le côté gauche et ses lèvres tentèrent de se rejoindre. Elle essayait de former un mot simple, à deux syllabes. Gabriel rapprocha son oreille droite de l'orifice verbal.

— ... u... ier...

Il se colla à elle, chair contre chair. Et il entendit le mot, net et limpide. Fumier. Hormis l'insulte, c'était aussi de l'engrais pour la terre.

Gabriel fourra la casquette dans sa poche et se dirigea vers la porte.

Il revint sur ses pas et contourna le bureau. Il ouvrit le tiroir et la boîte en métal. Il prit tous les billets. C'était un placement exceptionnel, les intérêts devaient représenter autant que la somme déposée vingt-quatre heures avant.

37

Gabriel fit un petit détour par la rue Popincourt. Sa bonne amie ne lui posa aucune question. Elle se contenta de désinfecter la plaie en silence. Cheryl lui fit avaler deux aspirines vitaminées et le guerrier reprit la route.

Il était midi trente quand il entra au Lotus. Ça sentait le changement. Plus de tonton, pas de Mimi, une femme qu'il n'avait jamais vue se tenait accoudée au comptoir. Quelques quidams disséminés dans la salle. Gabriel s'approcha de la maussade inconnue.

— Michel est là ?

Elle fit non de la tête. « *Aimons-nous vivants* », disait François Valéry.

— Vous savez où je peux le trouver ?

— Vous êtes qui ?

— Un ami.

Des soupçons plein les sourcils. Et pas mal de renoncement. Alors elle le lui dit quand même.

— Il est à l'hôpital.

Triple merde.

38

Necker, hôpital des enfants malades. Au bout du boulevard des Invalides. Coincé entre la rue de Vaugirard et la rue de Sèvres.

C'était pas la joie de vivre à tous les étages. Tristesse de mourir. Bâtiment D. Gabriel prit l'ascenseur jusqu'au deuxième. Il y avait une flopée d'infirmières qui papotaient en murmurant. Des gamins se traînaient dans des fauteuils trop grands. À roulettes, forcément.

La porte était entrouverte. Gabriel apercevait la silhouette du tonton, de profil. Grave et silencieux, un journal à la main.

Et le Poulpe entra. Sans frapper. Mimi était étendu sur un lit, la tête enturbannée et des hématomes plein les bras. Il semblait dormir. Tonton tourna la tête vers Gabriel. Y'avait rien à lire sur un visage pareil.

— Comment il va ?

— Ça pourrait être pire.

Évidemment, on aurait pu lui couper les deux jambes, ou les deux bras, ou tout à la fois.

— Ce petit con avait pas mis son casque...

Gabriel prit une chaise et se rapprocha de Michel. Il s'assit à son chevet.

— C'est arrivé quand ?

— Vers les cinq heures, ce matin...

Pendant que Gabriel en écrasait généreusement. Y'avait pas de quoi être fier.

— D'habitude, il s'lève jamais avant midi... Qu'est-ce qu'i pouvait bien foutre rue de la Convention à c't'heure-ci... Hein, j'vous l'demande ?

Gabriel ne répondit rien.

— Tu poses trop de questions, l'ancien...

Le môme avait pas perdu l'usage de sa langue, c'était déjà ça. Il souriait largement et aucune de ses dents ne manquait.

— Ça va ?

— Au poil... Sauf qu'ici y'a pas beaucoup d'musique...

— J't'en foutrai d' la musique...

— Eh, tonton, tu veux pas aller me chercher un Fanta... Un truc qui change de l'eau tiède... Une 'tite bière...

— Quel abruti !

L'oncle se leva et sortit de la chambre.

— Putain, c'est pas l'délire hein... Le médecin m'a dit que j'avais frôlé la fracture du bassin... Tu te rends compte ?... Interdit de danse pendant deux mois... Pas cool ça.

— Qu'est-ce qu'il s'est passé ?

— Je m'suis fait lourder rue de la Convention... Jusque-là, pas de lézard... Rien que du velours... J'ai repéré ta greluche vers les quatre heures et j'l'ai pas lâchée. Une BM noire, avec un chauffeur amoché... Sale gueule... Il a dû me repérer mais trop tard... Et quand j'ai décidé de rentrer, le coco m'a suivi... Et bing ! Dans le décor le Mimi... Un peu plus et je m'éclatais la tête sur une bouche d'incendie...

— Désolé, p'tit.

— Tu rigoles... C'est l'métier qui rentre... De toute façon, je sors dans une semaine... Y'a l'concert des Strongles !

— Pour l'instant, tu dois te reposer...

— T'inquiète pas pour ça, trois jours de plumard c'est bien suffisant... Non, l'emmerde, c'est pour évacuer les déchets... Faut pas qu' j'me gave de trop !

Gabriel se marra. Ce gosse-là avait un moral d'acier.

— En plus, y'a une petite infirmière... J'te raconte pas l'délire !... Ça m'étonnerait que j'dorme beaucoup la nuit...

Le Poulpe se leva en douleur, la cuisse endolorie. Il était temps de partir.

— Je dois y aller... Je repasserai te voir demain.

Il marcha jusqu'à la porte.

— Eh, Gaby... T'oublies rien ?

Il se retourna vers le môme.

— Elle crèche dans un hôtel particulier, à Boulogne, pas très loin du Parc des Princes... Au 12, rue de la Foi...

Gabriel avait tout enregistré. Avec un peu de chance, il arriverait pour le dessert.

39

Rue de la Foi. Et ça filait même pas les jetons.

Quelques voitures stationnaient dans la rue déserte. Au 12, rien qu'un portail en fer forgé, immense. Aucun moyen de pénétrer dans la cour sans l'escalader. Au 14, une énorme maison, avec un portail presque identique. Un mur d'environ deux mètres qui donnait dans un jardin. Il n'hésita pas longtemps.

Un parc très bien entretenu. La demeure semblait inhabitée, tous les volets étaient clos. Gabriel contourna la maison et se rapprocha du mur jouxtant la propriété du cheval de fer.

Il l'escalada facilement et retomba prudemment dans un bouquet d'arbustes. Sa plaie le rappela de nouveau à l'ordre. La BMW était garée dans la cour, à côté d'une mini-Jag cabriolet. Ici aussi les volets étaient clos, pourtant il y avait du monde dans la maison. Car la cheminée fumait, comme dans la photo de Sologne.

Gabriel arma le Browning et prit la direction de la terrasse. Il se rapprocha d'une porte vitrée située au rez-de-chaussée. Elle était verrouillée. Gabriel brisa le carreau et passa son bras dans l'ouverture. Il tourna le verrou et libéra l'entrée.

Le bruit de verre brisé n'avait pas donné l'alerte. La pièce était petite et servait de débarras. Il y avait des cageots vides et des bûches empilées dans un coin. C'était très poussiéreux et une infâme odeur de moisissure empestait l'air ambiant.

Gabriel emprunta un sombre couloir qui menait à une sorte de salle à manger laissée à l'abandon. Des bâches transparentes recouvraient les chaises et la table. Il traversa une cuisine et un salon. Il y avait des rayonnages de livres anciens et pas mal d'antiquités de valeur. De toute évidence, le rez-de-chaussée n'était plus habité, les étages supérieurs devant suffire au propriétaire.

Au premier, ça n'avait plus rien à voir. Ici, les dorures ruti-
laient et le parquet faisait office de miroir. Des rires mélangés
provenaient du bout du couloir. Un animateur radio bourré de
talent égayait ses invités avec de bonnes blagues rugueuses et
pas très raffinées. Gabriel décida de se rendre directement au
dernier étage. On fuyait toujours plus rapidement dans une descente.

Le deuxième lui parut plus calme, plus endormi peut-être. Le
couloir était criblé d'une demi-douzaine de portes et les murs
ornés de masques africains.

Le troisième, sous les toits. Une série d'autres portes. Plus petites mais blindées. Avec un judas et une clef dans chaque serrure.
Gabriel ôta le cache et colla son œil contre la paroi. Une petite
pièce capitonnée et légèrement meublée. Certainement insonori-
sée. Vide.

Idem pour les trois autres.

Mais quelqu'un se trouvait dans la cinquième pièce. Une
femme, attachée sur un lit. Gabriel ouvrit la porte et entra.

Son visage, ce qu'il en restait, ne ressemblait plus à rien. Tout
y était noir et rouge. Fracturé et déchiré. Boursouflé et infecté
dans sa globalité, jusqu'à la base du cou.

La fille étendue là pouvait être Nelly, Christine Vilarp, ou n'importe qui. Ça n'avait plus aucune importance. Puisque de toute
façon elle était en train de mourir.

L'esprit vissé, Gabriel sortit de la pièce.

40

À partir de ce moment, les choses allèrent très vite.

L'arme à la main, le Poulpe descendit au premier et se dirigea
vers les voix. Vers les rires qui n'avaient pas diminué d'intensité.

Il était là le colosse au parka. Le protecteur de fausse Nelly
que Gabriel avait amoché la veille. Assis sur une chaise, penché
sur une carte routière. La mâchoire bleuie et les yeux cernés. Ce
garçon travaillait trop.

Il eut juste le temps de se retourner. Pour prendre la balle en
plein front. Pedro s'était trompé, tirait pas du tout à gauche le
Browning.

Une rapide inspection indiquait que la suite des événements
se déroulerait au second.

Il trouva la propriétaire du Coxe dans une chambre. À moitié
nue et la seringue fumante dans une main. Elle avait le sourire
béat du camé calmé.

Amorphe, la supra-dose en effervescence dans l'organisme,

elle avait l'air heureux. Le Poulpe s'approcha. Tout le nécessaire reposait sur la table de nuit.

Alors Gabriel lui prépara un second voyage, un méga-transfert dans l'au-delà. Vers l'enfer. Il y mit tout le sachet, fit chauffer la poudre blanche et mélangea.

Et il pompa. Elle le regardait faire, impuissante. Il n'y avait pas de reconnaissance dans ces pupilles-là, il n'y avait rien.

Il la piqua au sein, en plein dans le stigmate. Dans une petite veine, juste à côté du mamelon. Il ne laissa rien dans la seringue. Pas une goutte. Déjà elle partait la goulue.

Gabriel lui mit la pompe dans la main gauche et plaça le Browning dans sa main droite. Elle tremblait quand même.

41

La vie avait repris un cours plus régulier. Plus reposant.

Il manquait pourtant une pièce au puzzle. L'homme sans nom, celui qui accompagnait Raphaël au Lotus. Gabriel ne désespérait pas de le rencontrer un jour, dans l'angle d'une rue ou sous un porche. Dans un coin sombre de préférence. En attendant, il garderait son visage sur disquette. Au cas où.

Mimi se rétablit plus rapidement que prévu. Ils allèrent ensemble au concert des Strongles et Gabriel mit deux jours pour récupérer une audition à peu près convenable.

Le Poulpe lui offrit un nouveau scooter. Turbo-injection et tout le toutim, la totale. Et la gueule du tonton, plutôt déçu.

Gabriel n'oublia pas de soumettre à Michel la fameuse phrase de Dietrich. Celle qui affirmait que dans une famille il y avait quatre personnes. Le père, la mère, le petit et le mort. Le premier qui trouverait la réponse appellerait l'autre. Mais ça pouvait prendre plusieurs années.

42

L'aérodrome de Moisselles, toujours pareil. Une petite pluie fine tombait sur la piste. Gabriel se dirigea vers le hangar. Il entendait Raymond. Le mécano s'affairait bruyamment sur de la tôle. Il braillait et tapait comme un sourd à l'aide d'une masse.

Le Polikarpov n'était pas très loin. Il était beau. C'était son avion. Avec ses sept cent soixante-quinze chevaux sous le capot. Des chevaux normaux. Et ses deux mitrailleuses, dans les ailes. Gabriel s'assit sur une vieille caisse et contempla l'engin.

Raymond n'avait pas encore remarqué sa présence. Les gouttes d'eau picoraient le toit métallique du hangar. Ça sentait la mousson. Mélangée au marteau, la mélodie s'installa, répétitive mais envoûtante.

Y'avait pas de chanteur et c'était bien mieux comme ça.

304

Achevé d'imprimer en Europe
à Pössneck (Thuringe, Allemagne)
en juin 1999 pour le compte de EJL
84, rue de Grenelle 75007 Paris
Dépôt légal août 1999

Diffusion France et étranger : Flammarion